Poet Collection
of
Mu Dan

冬

我爱在淡淡的太阳短命的日子，
临窗把喜爱的工作静静作完；
才到下午四点，便又冷又昏黄，
我将用一杯酒灌溉我的心田。
~~何福乱纷是~~ 严酷的冬天。
多么快，人生已到

我爱在枯草的山坡，死寂的原野，
独自凭吊已埋葬的火热一年，
看着冰冻的小河还在冰下奔流，
不知低语着什么，只是听不见。
似乎宣告生命是多么可留恋。
~~人生本来是一个~~ 严酷的冬天。
呵，生命也跳动在

我爱在冬晚围着温暖的炉火，
和两三昔日的好友会心闲谈，
听着北风吹得门窗沙沙地响，
而我们回忆着快乐无尽的往年。
人生~~本来是一个~~严酷的冬天。
  的乐趣也在

我爱在雪花飘飞的不眠之夜，
把已死去或尚存的亲人珍念，
当茫茫白雪铺下遗忘的世界，
我愿意感情的热流溢于心间，
~~人生本来是一个~~严酷的冬天。
  来温暖人生的道

穆旦诗集

人民文学出版社

图书在版编目（CIP）数据

穆旦诗集／穆旦著．—北京：人民文学出版社，2018
ISBN 978-7-02-014404-4

Ⅰ．①穆… Ⅱ．①穆… Ⅲ．①诗集—中国—当代 Ⅳ．①I227

中国版本图书馆 CIP 数据核字（2018）第 143182 号

责任编辑　徐广琴
装帧设计　刘　静
责任印制　任　祎

出版发行　人民文学出版社
社　　址　北京市朝内大街 166 号
邮政编码　100705
网　　址　http：//www.rw-cn.com

印　　刷　三河市宏盛印务有限公司
经　　销　全国新华书店等

字　　数　120 千字
开　　本　880 毫米×1230 毫米　1/32
印　　张　11.875　插页 9
印　　数　1—8000
版　　次　2019 年 1 月北京第 1 版
印　　次　2019 年 1 月第 1 次印刷

书　　号　978-7-02-014404-4
定　　价　43.00 元

如有印装质量问题，请与本社图书销售中心调换。电话：010-65233595

1935 年至 1937 年在北平清华大学期间

Poet Collection
of
Mu Dan

"摄于湘黔滇旅行之后,一九三八年五月一日"。1938年4月28日,穆旦随长沙临时大学(西南联大前身)步行团抵达云南昆明

1942年8月随中国入缅远征军撤到印度，10月摄于印度加尔各答

1952年2月底,周与良获芝加哥大学植物学专业哲学博士学位

1952年12月,穆旦夫妇离开芝加哥回国,在火车站与送行的同学和朋友们合影

1972年"文革"告一段落,夫妇合影于天津,纪念熬过了重重磨难

1975年11月10日在天津水上公园。与良五哥周杲良由美国来访摄下此照

自然底夢

我曾經迷誤在自然底夢中：
我底身體由白雲和花草做成，
我是吹生林木的嘆息早晨底顏色，
當太陽染給我刺那的年青，

一個少女底思想底化身，
呵，為了我毒害的誘人的熱情，
是這樣的驕傲又這樣的柔馴，
我們談話，自然底朦朧的夢語。

我們談話，自然底朦朧的夢語——
美麗的夢語把完自己說醒，
而將我逐出了幸密的人群中，
我知道完醒了正無端地哭泣，
鳥底歌，水底歌，正綿綿地回憶，

因為我曾年輕的一無所有，
施與者領向人世底智慧飯依，
而史多的憂患現在才刻露了
我曾有過藍色的無貴族底世系。

一九四二·十一月·

1942年11月，《自然底夢》手迹

1945年至1948年出版的穆旦三本诗集书影

冬

我爱在淡淡的太阳短命的日子,
临窗把喜爱的工作静静作完;
才到下午四点,便又冷又昏黄,
我将用一杯酒灌溉我的心田。
~~似理那那是~~ 严酷的冬天。
多么快,人生已到

我爱在枯草的山坡,死寂的原野,
独自凭吊已埋葬的火热一年,
看着冰冻的小河还在冰下面流,
~~不知低语着什么,只是听不见。~~
~~似乎宣告生命是多么可留恋。~~
~~人生本来是一个~~ 严酷的冬天。
呵,生命也跳动在

我爱在冬晚围着温暖的炉火,
和两三昔日的好友会心闲谈,
听着北风吹得门窗沙沙地响,
而我们回忆着快乐无犹的往年;
人生本来~~是一个~~严酷的冬天。
的乐趣也在

我爱在雪花飘飞的不眠之夜,
把已死去或尚存的亲人珍怀念,
当茫茫白雪铺下遗忘的世界,
我愿意感情的热流溢于心间,
~~人生本来是一个~~严酷的冬天。
来温暖人生的

1976年,《冬》手迹

穆旦诗集

目 录

永恒的思念(代序) ·················· 周与良 1

流浪人 ································· 1
神秘 ··································· 3
两个世界 ······························· 4
夏夜 ··································· 6
一个老木匠 ····························· 7
前夕 ··································· 9
冬夜 ·································· 11
哀国难 ································ 12
我们肃立,向国旗致敬 ················· 14
更夫 ·································· 17
玫瑰的故事 ···························· 19
古墙 ·································· 24
野兽 ·································· 27
我看 ·································· 28
园 ···································· 30
祭 ···································· 32
合唱二章 ······························ 34
防空洞里的抒情诗 ····················· 37

一九三九年火炬行列在昆明	40
劝友人	45
从空虚到充实	46
童年	52
蛇的诱惑	
——小资产阶级的手势之一	54
玫瑰之歌	59
失去的乐声	62
X光	64
漫漫长夜	66
在旷野上	69
祭	71
不幸的人们	72
悲观论者的画像	74
窗	
——寄敌后方某女士	76
出发	
——三千里步行之一	77
原野上走路	
——三千里步行之二	79
五月	81
我	84
还原作用	85
智慧的来临	87
潮汐	88
在寒冷的腊月的夜里	91

夜晚的告别 …… 93

鼠穴 …… 95

我向自己说 …… 97

中国在哪里 …… 99

华参先生的疲倦 …… 102

神魔之争 …… 105

小镇一日 …… 118

哀悼 …… 123

摇篮歌
  ——赠阿咪 …… 124

控诉 …… 127

赞美 …… 131

黄昏 …… 134

洗衣妇 …… 135

报贩 …… 136

春底降临 …… 137

春 …… 139

诗八首 …… 140

出发 …… 144

伤害 …… 146

阻滞的路 …… 148

自然底梦 …… 150

幻想底乘客 …… 152

祈神二章 …… 154

隐现 …… 157

诗 …… 168

记忆底都城	170
赠别	171
成熟	173
寄——	175
To Margaret	176
活下去	177
线上	179
被围者	180
退伍	182
春天和蜜蜂	184
忆	186
海恋	188
旗	190
流吧，长江的水	192
风沙行	194
甘地	195
给战士 　——欧战胜利日	198
赠别	200
野外演习	201
七七	203
先导	205
农民兵	207
打出去	209
奉献	211
反攻基地	213

通货膨胀 …………………………………… 215

一个战士需要温柔的时候 ………………… 217

良心颂 ……………………………………… 219

轰炸东京 …………………………………… 221

苦闷的象征 ………………………………… 223

森林之魅

　　——祭胡康河谷上的白骨 ……………… 225

云 …………………………………………… 229

时感四首 …………………………………… 230

他们死去了 ………………………………… 234

荒村 ………………………………………… 236

三十诞辰有感 ……………………………… 238

饥饿的中国 ………………………………… 240

我想要走 …………………………………… 245

暴力 ………………………………………… 246

胜利 ………………………………………… 248

牺牲 ………………………………………… 250

手 …………………………………………… 252

发现 ………………………………………… 254

我歌颂肉体 ………………………………… 256

甘地之死 …………………………………… 259

世界 ………………………………………… 261

城市的舞 …………………………………… 263

诗 …………………………………………… 265

诗四首 ……………………………………… 267

绅士和淑女 ………………………………… 271

美国怎样教育下一代	273
感恩节——可耻的债	276
葬歌	278
问	284
我的叔父死了	285
去学习会	286
三门峡水利工程有感	288
"也许"和"一定"	290
九十九家争鸣记	292
妖女的歌	296
苍蝇	297
智慧之歌	299
理智和感情	301
城市的街心	303
演出	304
诗	306
理想	308
听说我老了	311
冥想	313
春	315
友谊	317
夏	319
有别	321
自己	323
秋	325
秋(断章)	328
沉没	330
停电之后	332

好梦 …………………………………………… *334*
"我"的形成 …………………………………… *336*
老年的梦呓 …………………………………… *338*
问 ……………………………………………… *342*
爱情 …………………………………………… *343*
神的变形 ……………………………………… *344*
退稿信 ………………………………………… *348*
黑笔杆颂
　——赠别"大批判组" ……………………… *350*
冬 ……………………………………………… *352*
歌手 …………………………………………… *356*

永恒的思念（代序）

周与良

一

岁月流逝，往事如烟，良铮已去世二十年。过去广大读者只知道他是一位优秀诗歌翻译家，最近几年他写的诗才被承认，并给予很高的评价。作为诗人的亲人，我十分欣慰。但是，那段悲痛的记忆一直留在心头。他去世了两年多，通过家属申请平反，才得到天津市中级人民法院刑事判决书（1979年8月3日），上面简单地写道："根据党的有关政策规定，查良铮的历史身份不应以反革命论处，故撤销原判，宣告无罪。"又隔一年，1980年7月16日中共南开大学委员会复查决定查良铮同志问题已"于1956年10月根据本人交待按一般政治历史问题予以结论"，"撤销由高教六级、副教授降为行政十八级的决定，恢复副教授职称"，"在降级时期内的工资不再补发"等。1981年11月27日南开大学党委在天津市烈士陵园召开平反大会。1985年5月28日，骨灰安葬在北京万安公墓，墓碑上写着："诗人穆旦之墓"。人们会说现已为他平反，他的译诗都已出版，也出了诗集，并对他的诗歌评价很高，可以无愧地说那已是过去的事。可是，活着的亲人想起他一生的经历，不免永远悲怆，心灵上的创伤永远很难很难愈合。

二

　　我和良铮是1946年在清华园相识的。当时我二哥珏良是清华大学外文系讲师，每逢周末我经常去二哥家玩，良铮是二哥的同学，他也常去。周末清华园工字厅有舞会，我经常参加，有时良铮也去。1946年夏，我去参加国民党政府官费留学考试，考场设在北师大，又遇见良铮。王佐良、周珏良也都参加考试，我们大家在北师大附近小馆吃午餐。那时我吃得很少，良铮风趣地说，"你吃得这么少，这么瘦，怎么能考好呢？还是胖了会更好。"他是二哥的同学，我也没在意。后来，他由沈阳回北京，常去燕京大学找我，有时我和其他朋友在一起，他很礼貌地离开；有时第二天去了，我又有事，在燕京园姊妹楼会客厅里谈几句，他就走了，我很抱歉。周末我常去市内叔父家，有时他约我在米市大街女青年会见面。我们经常在女青年会客厅聊聊天，王府井大街逛逛。他爱逛书店，也陪我逛东安市场，有时买几本书送我，有时也看电影。寒暑假我回天津，他也来天津看我。那时父亲经常去唐山，在家里常开舞会，兄姐们的同学朋友常去，良铮也是其中的一位。我们初相识，他常问我爱看小说吗，我说中学时看过许多，巴金、茅盾的小说，还有武侠小说，因为我读的那个学校，从小学三年级就读英语，中学时也看过几本英文小说，如《小妇人》、《傲慢与偏见》、《战争与和平》等。他说真看了不少书，那为什么读生物系。我说我喜欢理科，看小说只是消遣。会面时他常给我讲游记或一些趣事。我记得最清楚的是穆罕默德（伊斯兰教创立人）的生平。后来我们比较熟了，他才谈到，他怎样从缅甸野人山九死一生到了印度，又回到昆明。他曾向我介绍他的家庭情况，我感觉他对母亲非常孝顺，对姐妹感情很深,责任心强,只是看上去沉默寡言,不易接近,相处久了,感觉他很热情,能体贴人。有一次他忽然向我要一张相片,他说要给母亲看。我说没有。他说去照一张。我有些不高兴,我想我认识好几位哥哥们的同学,人家都没有要相片。不过去美国以前,我还是送给他一张相片。当时良铮给我的印象是一位瘦瘦的青年,讲话有风趣,很文静,谈起文学、写诗很有见解,人也漂亮。

当时国民党政府公费留学名额很少,大多考生都改为自费留学生,可向政府购买官价外汇,比黑市要便宜好多。本来良铮打算和我一同赴美留学,后来我才知道他的父母和妹妹都需要他赡养帮助,他不仅要筹款购买外汇,还必须留一笔安家费,因而他在1947年冬去上海、南京找工作。1948年3月,我由上海坐"高登将军号"邮轮出国。良铮从南京来送行,一直送我上船,还送了我几本书和一张相片,相片反面写着:

"风暴,远路,寂寞的夜晚。
丢失,记忆,永续的时间,
所有科学不能祛除的恐惧
让我在你底怀里得到安憩———"

这张相片是八十年代从"文革"后退回的杂物中找到的。良铮随联合国粮农组织去泰国曼谷后,我每周都收到他的信。信的内容非常有意思,有时描写泰国的风土人情,有时也谈泰国的经济。他说生活很容易,不用太累就可以生活得很好,只是天气太热,待路费赚够,就去美国。他还寄我很多他在泰国各地照的相片,这些信我一直保留着,直到"文化大革命"前我才烧掉。这些信,增进了我们的感情和相互了解。

良铮1949年8月抵美。在旧金山遇到珏良二哥回国,他把身边的几十美元托二哥带回北京给他母亲。他本来打算去纽约哥伦比亚大学英文系就读。当时他更喜欢哥大。在芝加哥停留一周,就去了纽约。他动员我转学哥大,我因刚读完硕士学位,准备博士生的资格考试,不愿意换学校。他去纽约只呆了三天,又回到芝加哥,在芝大英国文学系就读。他住在靠地铁附近的一家小旅店,房间很小,共用卫生设备,房租很便宜。他每天吃炼乳,面包,花生酱,有时也买碎牛肉罐头,水果吃最便宜的桔子、葡萄等,当时一毛多钱一斤。

1949年12月,我们坐火车,去佛罗里达州的一个小城结婚。当时我五哥杲良在那里一个研究所做博士后。结婚仪式很简单。在市政厅登记,证婚人是杲良和另一位心理学教授。我穿的是中国带去的旗袍,良铮穿的是一套棕色西服。一般正式场合都要穿藏青色,他不肯花钱买,就凑合穿着这套已有的西服。杲良订了一个结婚蛋糕。参加仪式的还有几位他的同事。我们住在大西洋岸边的一个小旅馆一周,然后返回芝城。

婚后我们和一位芝大同学合住一套公寓房间。来往的朋友很多,每周末都有聚会,打桥牌、舞会等。陈省身先生是芝大数学系教授,我们常去他家,陪他打桥牌,然后吃一顿美餐。那时我很爱玩,良铮从不干涉。几十年我们共同生活,各自干自己喜爱的事,各自有自己的朋友。在美国读书时,良铮除了读英国文学方面的课程,还选了俄国文学课程,每天背俄语单词。我们生活并不富裕,但如果同学有困难,他总竭力帮助。他待人以诚,大家都喜欢他。我们的家总是那么热闹。八十年代,我去美国探亲,遇到几位老同学说,"你们在芝大时是最热闹的时期,你们走了,大家都散了,也不经常聚会了。"

1950年春天,原抗日远征军的将领罗又伦夫妇忽然来芝加哥访问，我们共同参观了芝大校园、芝城博物馆、美术馆等。那时我和良铮非常喜欢印象派画，芝加哥美术馆有很多印象派画家的画。良铮最喜欢荷兰画家梵高的画。这位画家一生坎坷，他活着时想用他的画换一杯啤酒，都没有人肯换。我们还去参观了芝加哥一个屠宰场（全美最大的），在中国餐馆共进午餐。良铮和罗又伦谈得最多的是中外诗歌，并建议他多看些古诗，如陶渊明、李白、杜甫等。罗的情绪不高，正在美国旅游，准备回台湾，罗只说了一句"欢迎你们随时回台湾"。在回家的路上，良铮对我说："在中国打了败仗，军人不吃香。"以后再也没有罗的消息了。

在美国读书，多数人完全靠半工半读维持生活。一般实验室都没有助教，所有工作都由研究生干，每周干多少小时，由自己决定。由于生活问题，一般至少每周干二十小时，晚间也可以去干。在获得博士学位前，我在芝大新成立的生物物理和生物化学研究所干活。那是个新成立的所，除了几位教授，下面具体做实验的人员很少，他们非常欢迎我去工作。在我获得博士学位后，由于准备回国，临时干，每周可拿到二百元工资（当时在实验室干活，每小时一元），那里教授非常喜欢我，愿意我留下。良铮不找工作，只是在邮局干临时工。他写的一些英文诗已在刊物上发表。有位外国友人和我说"你丈夫的诗写得非常好，他会成为大诗人"。

芝大有一个国际公寓，各国留学生都住在那儿，我也曾在那儿住过。婚后，我们虽然住私人公寓，周末仍常去参加舞会，打桥牌。许多中国同学去那儿聊天。良铮总是和一些同学在回国问题上争论。有些同学认为他是共产党员。我说如果真是共产党员，他就不这么直率了。我总劝他不要这么激动。他说作为中国人要有爱国心，民族自尊心。当时学生中各种思想都有，最多的是观望派。一些朋友劝我们看一看。当时我已经工作。良铮的二哥良钊为我

5

们安排去印度德里大学教书。美国南部一些州的大学经常去芝大聘请教授,如果我们去南方一些大学教书,很容易。良铮不找任何工作,一心要回国。

三

我们婚后,良铮就准备回国,动员我不必读了,回去算了。我不同意,甚至说"你要回去先走,我读完学位就回去"。当时美国政府的政策是不允许读理工科博士毕业生回国,文科不限制。良铮为了让我和他一同回国,找了律师,还请我的指导教师写证明信,证明我所学与国防无关。在1950年就开始办理回国手续。良铮的意思,是我拿了学位就立刻回国。可是美国移民局一直没有批准,直到1952年才批准回香港。实际上香港只允许我们过境,当我们坐的邮轮到达香港附近,我们这几位回大陆的旅客就被中国旅行社用小船把我们送到九龙火车站附近,上岸后就有香港警察押送到九龙车站。在车站检查很严,然后关在车站的一间小屋里,门口有警察,不准出屋,停留了几小时,由香港警察押送上火车。火车开了一小段,又都下车,因这段车轨不相接,走了一小段,再上火车,在深圳停留了一天,等待审查。然后去广州,住在留学人员招待所,填写了各种表格,住了一周审查完毕,才离开广州。

我们从广州去了上海,因为我是姑母抚养长大的。姑母住在上海。我们见到良铮的好友萧珊同志,当她知道良铮有很好的俄文基础后,建议他多搞翻译,介绍俄国文学给中国读者。回到北方后,在分配到南开大学以前,良铮基本上住在北京家中,日以继夜翻译季摩菲耶夫著的《文学原理》。1953年5月分配到南大外文系,除了完成教学任务,业余时间仍搞翻译。

良铮工作勤奋，不仅教学工作得到学生的好评，而且很快翻译出版了《文学原理》、《波尔塔瓦》、《青铜骑士》等，这引起一些人的嫉恨。当时他和另一位副教授为了挽留解放前倡建南大外文系的老教授陈某，还曾发起召开过一次挽留这位教授的座谈会。1954年，正值李希凡、蓝翎等批判俞平伯研究《红楼梦》的观点，南大中文系和外文系共同召开的《红楼梦》批判会上，良铮刚发言，只说了一句话，就被召集人阻止，良铮立刻离开了会场。在场的另一位教授说，这样做不对，要让大家把话说完。当场召集人却大发雷霆。这就是所谓"外文系事件"。没有料到这竟成了良铮后来被定为"历史反革命"的依据之一。

1955年肃反运动，良铮是肃反对象，我也不能参加系里肃反会议，后来才听说本来打算把我列为肃反对象，可是历史上实在找不到任何借口，只好让我在家里"帮助"良铮。他每天上午八时就到外文系交待问题，中午回家饭吃不下，晚上觉也睡不着，苦思苦想。我劝他有什么事都说了吧，问题交待清楚也就没事了。领导说他不老实，连国民党员身份都不肯交待。实际上他真不是国民党员。他当英文翻译时，杜聿明、罗又伦两位将军经常和他谈论文学、诗歌，非常喜欢他写的诗，有时让他读诗。良铮非常苦恼没有可交待的，可是又被逼着交待。1956年，按一般政治历史问题予以结论，我们也都放心了。

1956年"大鸣大放"期间，《人民日报》副刊主编袁水拍向良铮约稿。他写了《九十九家争鸣记》发表在1957年7月5日《人民日报》副刊上，后来这首诗被批判为"毒草"、"向党进攻"，也被作为定罪的依据之一。1958年，突然收到法院判决书，良铮被定为"历史反革命"。良铮拿到判决书，过了两天，先去告诉我父亲周叔弢，然后把我叫到父亲家才告诉我。判决书上写着如不服此判,可上诉。和家人商量,认为这种判决上诉无门,不可能胜诉,只能逆来顺受。当时许多青年学生被定为右派,下放农村劳改,良铮虽被定为"历史反革命",机关管制三年,每月发生活费六十元,但仍和家人住在一起。他从不抱怨,只是沉默寡言,自己承受着极大的痛苦而不外露。从此我们家没有亲朋登门,过着孤寂的生活。所谓"监督劳动",就是扫地,图书馆楼道和厕所每天至少打扫两次,原有的工人监督他劳动。晚间回家写思想汇报,认罪反省,每周去南大保卫处汇报思想,每逢节假日被集中到保卫处写思想汇报。1962年初,虽然解除管制,但每逢"五一"、"十一"节假日,他要去图书馆写检查。他受管制三年,没有告诉他父母,他们一直不知道。春节期间他不能带孩子去北京拜年,只能推说忙,把二老接来天津。他被错划为"历史反革命"后,我和孩子们经常受到歧视。有一次,英传回来说,学校不让他当少先队大队长了。孩子很伤心,他一言不发。有时过去的熟人见到我低头过去,假装没看见,我很生气,他反而劝我不要太认真,事情总会过去的。自从1959年被管制,直到以后的年代里,良铮很少和亲友来往,连信也不写,他主动不和几位好友如萧珊、杜运燮等去信,怕给人家找麻烦。晚间孩子们经常闹着讲故事,他给孩子们讲"西游记"、"三国演义"等,讲到高兴时,和孩子们开怀大笑。因此,我经常鼓励他和孩子们玩。有时周日去我父亲家,他总和父亲谈文学,也给侄辈们讲故事。孩子们最爱听他讲故事。

1966年"文化大革命"一开始,每天上下午南大附中附小的红卫兵都来家"破四旧"。书籍、手稿、一些家庭生活用品,被褥、衣服等都当"四旧"被拉走。当时我们住南大东村平房,大门一星期未关,每天家里地上都有乱七八糟一大堆杂物。孩子们常从乱物中拣一些书、手稿和日用品等。家具被砸烂,沙发布用剪刀剪开。

这时良铮已被集中劳改,每晚回家,看见满屋贴着"砸烂反革命分子×××狗头",一言不发,有时默默地整理被掷在地上的书和稿件。

1968年,我们家的住房被抢占,我们的家具、被褥和日用品全部被掷在后门外,放在露天下一整天,无人过问。当时学校很乱,一切机构都不起作用,直到天黑了,我们一家六口人仍无处可去。我只好去八里台找了两辆平板三轮车,把堆在露天下的物品,运到十三宿舍门口。非常感谢两位三轮车老师傅为我们解了忧。然后良铮和"牛鬼蛇神"们把物品搬到十三宿舍三楼。从此我们一家六口人被扫地出门,搬到一间仅十七平方米,朝西的房间。这间住房我们住了五年。许多物品,沙发、书箱都放在楼道和厕所里。屋里放了两张床和一个书桌。这张桌子又是切菜做饭的地方,又是饭桌和书桌。每天等大家吃完饭,良铮把桌上的杂物整理到一边,就在桌子一角开始工作到深夜。不久清理阶级队伍,良铮被集中,我被关押在生物系教学楼。剩下四个孩子,不仅自己做饭,还要给我送饭。一次小瑗(仅十一岁)由于做饭劳累,晕倒在公用厕所,不省人事。后来邻居去厕所才发现,抬回房间,也仅给她喝了一杯糖水。

1970年林彪"一号通令"下达,南大所有"牛鬼蛇神"连同子女一律下放农村。我带着四个孩子到河北省完县一村庄,良铮单独去另一村庄,相距几十里,基本上不通音信。不久中小学开学,四个孩子回天津了,良铮和我仍各自留在完县劳改。有一天,大致快过春节,天气很冷,良铮忽然来看我,我说自从到完县以来没有收到孩子们的信,也没有他的消息,我见到他,控制不住眼泪。他看着我,劝我说"收到孩子们的信,都很好",还说"事情总会过去的,要耐心,不要惦着孩子"。他带了一小包花生米和几块一分钱一块的水果糖。几个月没见面,他又黄又瘦,精神疲乏,他只是安慰我"要忍耐,事情总会弄清楚的"。他还负疚地一遍又一遍说:"我是罪魁祸首,不是因为我,一家人不会这样。"我看到他眼中含着泪水,脸色非常难看,便安慰他:"我也是特务,应该受到惩罚。"说了几句话,他准备走了,要走几十里才能回到住处。他非要把那包花生米和几块糖留下,我坚持不要,他说:"你晕了,吃块糖也好些。"我说:"身体还可以,也不想吃零食。"他说,"要多注意身体"。互道保重后,他就走了,停留不到半小时。我送他到村口,看他走远了,才回村。从后面看,良铮已经是个老人了,当时他仅五十二岁。回村后,我立即被批斗,"传递了什么情报,老实交待"。真是天晓得。那时我的旅行包,经常有人检查,如果看到藏着花生米和水果糖,恐怕不知要批斗多少次。

1971年,当时的革命委员会开恩,另外分配给我们学生第六宿舍一层阴面、水房旁边的一间小屋,良铮非常高兴,每天劳动回来,忙着吃饭,提着旧蓝布包去那间又冷又潮的小屋埋头译诗。这时小英已去内蒙五原县插队,小明和他住在那间小屋里。

1972年,落实政策,还因为我五哥杲良由美国回来探亲,我们搬回东村70号(原住处)。良铮和老同学吕某经常去文庙旧书店,买了大量旧书,其中有鲁迅的杂文,陶渊明、李白、杜甫的诗集,还有许多英文书,在鲁迅杂文集的扉页,他写下:"有一分热,发一分光。""四人帮"打倒后,他高兴地对我说"希望不久又能写诗了",还说"相信手中这支笔,还会重新恢复青春"。我意识到他又要开始写诗,就说"咱们过些平安的日子吧,你不要再写了"。他无可奈何地点点头。我后来愧恨当时不理解他,阻止他写诗,使他的夙愿不能成为现实,最后留下的二十多首绝笔,都是背着我写下的。他去世后,在整理他的遗物时,孩子们找到一张小纸条,上面写着密密麻麻的小字,一些是已发表的诗的题目,另外一些可能也是诗的题目,没有找到诗,也许没有写,也许写了又撕了,永远也找不到了。后来我家老保姆告诉我,在良铮去医院动手术前些天,字篓里常有撕碎的纸屑,孩子们也见到爸爸撕了好多稿纸。当时只要他谈到写诗,我总加以阻止。想起这一些,我非常后悔。这个错误终身无法弥补。他常说,"一个人到世界上来总要留下足迹"。

良铮译诗,是全身心投入,是用全部心血重新创作,经常为一行诗,甚至一个字,深夜不能入睡。他常说,拜伦和普希金的诗,如果没有注释,读者不容易看明白。他的每本译诗都有完整的注释。偶尔他也对我说,"这句诗的注释就是找不到"。为了一个注释,他要跑天津、北京各大学图书馆,北京图书馆等。他跌伤腿以后,还挂着拐杖去南大图书馆找注释。尤其《唐璜》的注释,他花费了大量的精力和时间,查阅了大量文献,虽然出版时未被采用,至今我还保留着厚厚一本注释。去医院进行手术前,他曾对我说:"我已经把我最喜爱的拜伦和普希金的诗都译完,也都整理好了。"他还对最小的女儿小平说:"你最小,希望你好好保存这个小手提箱的译稿,也可能等你老了,这些稿件才有出版的希望。"他最关心的是他的译诗,诗就是他的生命,他去世前没给家人留下遗言,这些就是他的遗言。

1993年7月,秋吉久纪夫先生(日本诗人、汉学家)来访问我,说他准备出日文版《穆旦诗集》,想要一张相片。他挑选了一张良铮微笑的相片。他说:"虽然穆旦后半生在寂寞中度过,苦难二十年,承受着来自各方的压力,但他对未来充满希望,笑对人生。"

我们家的不幸遭遇,孩子们一直到1966年"文化大革命"抄家贴大字报才知道。良铮和我不愿意让孩子们幼小的心灵承受压力。良铮非常喜爱子女。小英四岁就用油泥做各种动物造型,还做飞机、轮船、汽车、大炮,良铮总是鼓励他,表扬他做得好,经常下班回来给他带油泥。有时小英把捏好的各种动物造型,汽车、轮船排列放在小桌上,良铮看了十分高兴。后来稍大一些,十岁左右,小英用洋铁罐头做轮船,上面挂着国旗,涂上各种油漆,一直保留到"文化大革命"才被砸烂。1964年,良铮在八里台邮局给小英买了第一本《无线电》杂志。后来小英去插队,他总去邮局买《无线电》,为小英保存着。小英十岁开始做矿石收音机,后来做电子管收音机,再做半导体,他看了很高兴。在"文革"期间,他对我说,"小英动手能力强,将来让他修理无线电吧"。小英插队期间,良铮为他买了中学数、理、化自学丛书,还购买了农、林、牧各方面的杂志和养猪、养鸡、种果树等技术书。他叫小英在农村好好干,另一方面要努力学习,做一个有知识的人。他最喜欢小女儿小平,在"文革"期间他为她找不出更好的出路,他说"她有艺术天才,让她学一门乐器,也算有个专长",后来选择了琵琶,又托好友在上海买了一把昂贵的红木琵琶。他教大女儿小瑗学习英语,第一本书是《林肯传》,并让她每天背单词,还说"掌握一门外语,至少翻译点东西,可以混口饭吃"。小瑗初中毕业,由于小英已下农村插队,她可留城,但由于家庭关系,被分配到天津市第十三塑料厂,带毒车间,并且三班倒。工厂在密云路,离家很远,每逢早班,早晨五时离家,良铮总要起来,送她到八里台汽车站,中班晚上十一点多才能回家,他总去汽车站等她,尤其雪花纷飞的寒冷季节和倾盆大雨的日子,他总出去接小瑗。我有时说,雨这么大,让她自己回来,他总坚持去。孩子们一有病,他总是背起就去医院,尤其小明从小身体不好,经常低烧,他到处打听如何医治低烧,中西医针灸各种办法都使用过;六十年代是吃豆腐渣的年代,良铮浮肿得厉害,配给他一斤红糖,他没有吃一口,全留给小明。

良铮劳累一生，尤其他腿伤以后，我多么希望他能歇一歇。他说："你不要阻止我去做我想做的事。"他对朋友说："我不能再给家人添麻烦了。"他腿伤后，总是拖着伤腿，自理一切。那时我要去参加一个学术会议，因为他腿伤，我不准备去，他鼓励我"你出去看看，这些年你也够受的"，"等我动完手术，咱们出去旅游，去黄山玩一次"。

可是，再没有机会了。良铮回国二十多年，过的多半是受屈辱受折磨的日子。没有好好休息过，当然更没有游览黄山的机会，连他去世前答应要去北京、山西看看老朋友，也没能去成。他走时，只有五十九岁呵！如果天假以年，现仍健在，他又能写多少好诗，译多少好书，更不要说与我畅游黄山了。一想到这里就不忍再想下去了。

良铮的一生光明磊落，乐于助人，珍重友谊，生活简朴，虽然过早地离去，但他的名字和诗歌将永远流传下去。

【作者简介】

周与良，穆旦夫人，1923年2月1日生于天津，1946年毕业于北平辅仁大学生物系，考入北平燕京大学攻读研究生，1948年赴美留学，1952年获美国芝加哥大学植物学博士学位。1953年回国，一直在天津南开大学生物系任教。曾任南开大学微生物系教授，中国微生物学会常务理事，九三学社中央委员，全国妇联执委，全国政协常委。2002年5月1日病逝于美国。

流 浪 人

　　饿——
我底好友,
它老是缠着我
　　在这流浪的街头。

软软地,
是流浪人底两只沉重的腿,
一步,一步,一步……
天涯的什末地方?
没有目的。可老是
疲倦的两只脚运动着,
一步,一步……流浪人

　　仿佛眼睛开了花
　　　　飞过千万颗星点,像乌鸦。
昏沉着的头,苦的心;
火般热的身子,熔化了——
　　棉花似地堆成一团
　　可仍是带着软的腿

一步,一步,一步,……

4月15日晚

(原载《南开高中学生》1934年[春季]第二期)

神　　秘

朋友,宇宙间本没有什么神秘,
要记住最神秘的还是你自己。
你偏要编派那是什么高超玄妙,
这样真要使你想得发痴!

世界不过是人类的大赌场,朋友
好好的立住你的脚跟吧,什么都别想,
那么你会看到一片欺诳和愚痴,一个平常的把戏,
但这却尽够耍弄你半辈子。
或许一生都跳不出这里。

你要说,这世界真太奇怪,
人们为什么要这样子的安排?
我只好沉默,和微笑,
等世界完全毁灭的一天,那才是一个结果,
暂时谁也不会想得开。

(原载《南开高中学生》1934年[春季]第三期)

两 个 世 界

看她装得像一只美丽的孔雀——
五色羽毛镶着白边,
粉红纱裙拖在人群里面,
她快乐的心漂荡在半天。

美丽可以使她样子喜欢和发狂
博得了喝彩,那是她的渴望;
"高贵,荣耀,体面砌成了她们的世界!
管它什么,那堆在四面的伤亡?"
……

隐隐的一阵哭声,却不在这里;
孩子需要慈爱,哭着嚷,什么,"娘?"
但这声音谁都不知道,"太偏僻!"
哪知却惊碎了孩子母亲的心肠?

三岁孩子也舍得离开,叫他嚎,
女人狠着心,"好孩子,不要哭——
妈去做工,回来给你吃个饱!"
丝缸里,女人的手泡了一整天,

肿的臂,昏的头,带着疲倦的身体,
摸黑回家了,便吐出一口长气……
生活?简直把人磨成了烂泥!

美的世界仍在跳跃,眩目,
但她却惊呼,什么污迹染在那丝衣?
同时远处更迸出了孩子的哭——
"妈,怕啊,你的手上怎么满铺了血迹?"

(原载《南开高中学生》1934年[春季]第三期)

夏　夜

黑暗，寂静，
这是一切；
天上的几点稀星，
狗，更夫，都在远处响了。

阶前的青草仿佛在摇摆，
青蛙跳进泥塘的水中，
传出一个洪亮的响，
"夜风好！"

6月24日

（原载《南开高中学生》1934年［春季］第三期）

一个老木匠

我见到那么一个老木匠
从街上一条破板门。
那老人,迅速地工作着,
全然弯曲而苍老了;
看他挥动沉重的板斧
像是不胜其疲劳。

孤独的,寂寞的
老人只是一个老人。
伴着木头,铁钉,和板斧
春,夏,秋,冬……一年地,两年地,
老人的一生过去了;
牛马般的饥劳与苦辛,
像是没有教给他怎样去表情。
也会见:老人偶而吸着一枝旱烟,
对着漆黑的屋角,默默地想
那是在感伤吧?但有谁
知道。也许这就是老人最舒适的一刹那
看着喷出的青烟缕缕往上飘。

沉夜,摆出一条漆黑的街
振出老人的工作声音更为洪响。
从街头处吹过一阵严悚的夜风
卷起沙土。但却不曾摇曳过
那门板隙中透出来的微弱的烛影。

9月29日,1934

(原载《南开高中学生》南开高中建校三十周年纪念特刊)

前　夕

希望像一团热火，
尽量地烧
个不停。既然
世界上不需要一具僵尸，
一盆冷水，一把
死灰的余烬；
那么何不爽性就多诅咒一下，
让干柴树枝继续地
烧，用全身的热血
鼓舞起风的力量。
顶多，也不过就烧了
你的手，你的头，
即使是你的心，
要知道你已算放出了
燎野中一丝的光明；
如果人生比你的
理想更为严重，
苦痛是应该；
一点的放肆只不过
完成了你一点的责任。

不要想,

黑暗中会有什么平坦,

什么融和;脚下荆棘

扎得你还不够痛?——

我只记着那一把火,

那无尽处的一盏灯,

就是飘摇的野火也好;

这时,我将

永远凝视着目标

追寻,前进——

拿生命铺平这无边的路途,

我知道,虽然总有一天

血会干,身体要累倒!

     10 月 31 日

(原载《南开高中学生》1934 年[秋季]第二期)

冬　　夜

更声仿佛带来了夜的严悚，
寂寞笼罩在墙上凝静着的影子，
默然对着面前的一本书，疲倦了
树，也许正在凛风中瑟缩，

夜，不知在什么时候现出了死静，
风沙在院子里卷起来了；
脑中模糊的映过一片阴暗的往事，
远处，有凄恻而尖锐的叫卖声。

11 月 3 日偶作

（原载《南开高中学生》1934 年［秋季］第二期）

哀 国 难

一样的青天一样的太阳,
一样的白山黑水铺陈一片大麦场;
可是飞鸟过来也得惊呼:
呀！这哪里还是旧时的景象？
我洒着一腔热泪对鸟默然——
我们同忍受这傲红的国旗在空中飘荡！

眼看祖先们的血汗化成了轻烟,
铁鸟击碎了故去英雄们的笑脸！
眼看四千年的光辉一旦塌沉,
铁蹄更翻起了敌人的凶焰;
坟墓里的人也许要急起高呼:
"喂,我们的功绩怎么任人摧残？
你良善的子孙们哟,怎为后人做一个榜样！"
可惜黄土泥塞了他的嘴唇,
哭泣又吞咽了他们的声响。

新的血涂着新的裂纹,
广博的人群再受一次强暴的瓜分;
一样的生命一样的臂膊,

我洒着一腔热泪对鸟默然。

站在那里我像站在云端上,
碧蓝的天际不留人一丝凡想,
微风玩皮地腻在耳朵旁,
告诉我——春在姣媚地披上她的晚装;
可是太阳仍是和煦的灿烂,
野草柔顺地依附在我脚边,
半个树枝也会伸出这古墙,
青翠地,飘过一点香气在空中荡漾……
远处,青苗托住了几间泥房,
影绰的人影背靠在白云边峰。
流水吸着每一秒间的呼吸,波动着,
寂静——寂静——
蓦地几声巨响,
池塘里已冲出几只水鸟,飞上高空打旋。

6月13日作

(原载《南开高中学生》1935年[春季]第三期)

我们肃立,向国旗致敬

(一)

当军号悠然振鸣的时候,
我们肃立,向国旗致敬;
晨曦里她在天空中飘展,
俯视祖国的大地,放射着光明。

我们把目光向她凝注,
虔诚浸进了心和心;
一个力量系紧着万众,
伟大揉合了微小的魂灵。

她的衫上洒着鲜红,
那是祖先光荣的血迹;
为了自由为了仁爱,
一串火炬燃在我们心里。

（二）

当军号奏起了庄严的歌声，
我们肃立，向国旗致敬；
在耻辱里她低垂了头，
我们心中唤着哀痛的声音。

和平的一隅爆起了烽火，
正义已然扬成灰烬；
敌人的炮火吼在远方，
祖国的孩子们丧失了生命。

在烟火和血腥里我们沉思，
一切的麻痹应该振醒；
广大的土地向国旗告别，
她的面上卷着凶残的暴风。

（三）

当军号叫出了悲壮的挽曲，
我们肃立，向国旗致敬；
这是光明最后的一瞥，
我们脚下已蹑来敌人的阴影。

祖先的血汗任凭践踏，

死寂中充满了苦痛的呻吟，
平原上裂出新的血痕
一只铁手扑杀了光明。

庄严的国旗要随着祖国，
屈辱地,向别处爬行
我们咬着一千斤沉重，
对她最后敬礼,含着泪心。

廿五年十一月初

(原载1936年11月《清华周刊》第四十五卷第三期)

更　夫

冬夜的街头失去了喧闹的
脚步和呼喊,人的愤怒和笑靥,
如隔世的梦;一盏微弱的灯火
闪闪地摇曳着一副深沉的脸。

怀着寂寞,像山野里的幽灵,
他默默地从大街步进小巷;
生命在每一声里消失了,
化成声音,向辽远的虚空飘荡;

飘向温暖的睡乡,在迷茫里
惊起旅人午夜的彷徨;
一阵寒风自街头刮上半空,
深巷里的狗吠出凄切的回响。

把天边的黑夜抛在身后,
一双脚步又走向幽暗的三更天,
期望日出如同期望无尽的路,

鸡鸣时他才能找寻着梦。

二十五年十一月

(原载 1936 年 11 月《清华周刊》第四十五卷第四期)

玫 瑰 的 故 事

英国现代散文家 L. P. Smith 有一篇小品 The Rose,文笔简洁可爱,内容也非常隽永,使人百读不厌,故事既有不少的美丽处,所以竟采取了大部分织进这一篇诗里,背景也一仍原篇,以收异域及远代的憧憬之趣。至于本诗能够把握住几许原文的美,我是不敢断言的;因为,这诗对于我本来便是一个大胆的尝试。想起在一九三六年的最后三天里,苦苦地改了又改,算是不三不四的把它完成了;现在看到,我虽然并不满意,但却也多少是有些喜欢的。

二十六年一月忙考时谨志

庭院里盛开着老妇人的玫瑰,
有如焰焰的火狮子雄踞在人前,
当老妇人讲起来玫瑰的故事,
回忆和喜悦就轻轻飘过她的脸。
……许多年前,还是我新婚以后,
我同我的丈夫在意大利周游,
那时还没有铁路,先生,一辆马车,
带我们穿过城堡又在草原上驰走。

在罗马南的山路上马车颠坏了,

它的修理给予我们三天的停留：
第一晚我们在茫茫的荒野里，
找到路旁的一间房子，敝落而且破旧。

我怎能睡啊，那空旷的可怕的黑夜！
流水的淙淙和虫鸣嘘去了我的梦；
趁天色朦胧，我就悄悄爬起来，
倚立在窗前，听头发舞弄着晨风。

已经很多年了，我尚能依稀记得，
清凉的月光下那起伏的蓝峰；
渐渐儿白了，红了，一些远山的村落，
吻着晨曦，像是群星明耀地闪射。

小村烦嚣地栖息在高耸的山顶，
一所客栈逗留住我们两个客人。
几十户人家围在短墙里，像个小菜园，
但也有礼俗，交易，人生的悲哀和喜欢。

酒店里一些贵族医生和官员，
也同样用悠闲弹开了每天的时间，
在他们中我看到一个清瘦的老人，
又美丽，又和蔼，有着雄健的话锋。

他的头发斑白，精神像个青年，
他明亮的眸子里闪耀着神光，

不住地向我们看,生疏里掺些惊异,
可是随即笑了,又像我们早已熟悉。

老人的温和引起来一阵微风,
轻轻地吹动了水面上的浮萍;
他向我们说陌生人也不必客气,
他愿意邀请陌生的客人到他家里。

于是,在一个晴朗炎热的下午,
青青的峦峰上斜披夕阳的紫衫,
一辆小车辘辘地驰向老人的田园,
里面坐着我和我的丈夫。

这所田园里铺满了小小的碎石,
丛绿下闪动着池水的波影,
一棵紫红的玫瑰向天空高伸,
发散着甜香,又蔽下幽幽的静。

玫瑰的花朵展开了老人的青春,
每一阵香化成过去美丽的烟痕,
老人一面让酒一面向我们讲,
多样的回忆在他脸上散出了红光。

他坦然地微笑,带着老年的漠冷,
慢慢地讲起他不幸的爱情:
"……许多年以前,我年轻的时候,

那隔河的山庄住着我爱的女郎,

"她年轻,美丽,有如春天的鸟,
她黄莺般的喉咙会给我歌唱,
我常常去找她,把马儿骑得飞快,
越过草坪,穿出小桥,又抛下寂寞的墓场。

"可是那女郎待我并不怎样仁慈,
她要故意让我等,啊,从日出到日中!
在她的园子里我只有急躁地徘徊,
激动的心中充满了热情和期待。

"园子里盛开着她喜爱的玫瑰,
清晨时她常殷殷地去浇水。
焦急中我无意地折下了一枝,
可是当我警觉时便把它藏进衣袋里。

"这小枝玫瑰从此便在泥土中成长,
洗过几十年春雨也耐过了风霜,
如今,啊,它已是这样大的一棵树……"
别时,老人折下了一枝为我们祝福。

修理好的马车把我们载上路程,
铃声伴着孩子们欢快的追送;
终于渐渐儿静了,我回视那小村
已经高高地抛在远山的峰顶……

现在，那老人该早已去世了，
年青的太太也斑白了头发！
她不但忘却了老人的名字，
并且也遗失了那小镇的地址。

只有庭院的玫瑰在繁茂地滋长，
年年的六月里它鲜艳的苞蕾怒放。
好像那新芽里仍燃烧着老人的热情，
浓密的叶子里也勃动着老人的青春。

（原载 1937 年 1 月 25 日《清华副刊》第四十五卷第十二期）

古　　墙

一团灰沙卷起一阵秋风,
奔旋地泻下了剥落的古墙,
一道晚霞斜挂在西天上,
古墙的高处映满了残红。

古墙寂静地弓着残老的腰,
驮着悠久的岁月望着前面。
一双手臂蜿蜒到百里远,
败落地守着暮年的寂寥。

凸凹的砖骨镌着一脸严肃,
默默地俯视着广阔的平原;
古代的楼阁吞满了荒凉,
古墙忍住了低沉的愤怒;

野花碎石死死挤着它的脚跟,
苍老的胸膛扎成了穴洞;
当憔悴的瓦块倾出了悲声,
古墙的脸上看不见泪痕。

暮野里睡了古代的豪杰，
古墙系过他们的战马，
轧轧地驰过了他们凯旋的车驾，
欢腾的号鼓荡动了原野。

时光流过了古墙的光荣，
狂风折倒飘扬的大旗，
古代的英雄埋在黄土里，
如一缕浓烟消失在天空。

古墙蜿蜒出刚强的手臂，
曾教多年的风雨吹打；
层层的灰土便渐渐落下，
古墙回忆着，全没有惋惜。

怒号的暴风猛击着它巨大的身躯，
沙石交战出哭泣的声响；
野草由青绿褪到枯黄，
在肃杀的原野里它们战栗。

古墙施出了顽固的抵抗，
暴风冲过它的残阙！
苍老的腰身痛楚地倾斜，
它的颈项用力伸直，瞭望着夕阳。

晚霞在紫色里无声地死亡，

黑暗击杀了最后的光辉,
当一切伏身于残暴和淫威,
矗立在原野的是坚忍的古墙。

(原载 1937 年 1 月《文学》月刊第八卷第一期)

野　兽

黑夜里叫出了野性的呼喊，
是谁，谁噬咬它受了创伤？
在坚实的肉里那些深深的
血的沟渠，血的沟渠灌溉了
翻白的花，在青铜样的皮上！
是多大的奇迹，从紫色的血泊中
它抖身，它站立，它跃起，
风在鞭挞它痛楚的喘息。

然而，那是一团猛烈的火焰，
是对死亡蕴积的野性的凶残，
在狂暴的原野和荆棘的山谷里，
像一阵怒涛绞着无边的海浪，
它拧起全身的力。
在暗黑中，随着一声凄厉的号叫，
它是以如星的锐利的眼睛，
射出那可怕的复仇的光芒。

1937 年 11 月

（原载 1942 年 2 月 2 日《柳州日报》副刊《布谷》）

我　　看

我看一阵向晚的春风
悄悄揉过丰润的青草,
我看它们低首又低首,
也许远水荡起了一片绿潮;

我看飞鸟平展着翅翼
静静吸入深远的晴空里,
我看流云慢慢地红晕
无意沉醉了凝望它的大地。

O,逝去的多少欢乐和忧戚,
我枉然在你的心胸里描画!
O! 多少年来你丰润的生命
永在寂静的谐奏里勃发。

也许远古的哲人怀着热望,
曾向你舒出咏赞的叹息,
如今却只见他生命的静流
随着季节的起伏而飘逸。

去吧,去吧,O 生命的飞奔,
叫天风挽你坦荡地漫游,
像鸟的歌唱,云的流盼,树的摇曳;
O,让我的呼吸与自然合流!
让欢笑和哀愁洒向我心里,
像季节燃起花朵又把它吹熄。

　　　　　　　　　　1938 年 6 月

(收入《探险队》,昆明文聚社 1945 年 1 月出版)

园

从温馨的泥土里伸出来的
以嫩枝举在高空中的树丛,
沐浴着移转的金色的阳光。

水彩未干的深蓝的天穹
紧接着蔓绿的低矮的石墙,
静静兜住了一个凉夏的清晨。

全都盛在这小小的方圆中:
那沾有雨意的白色卷云,
远栖于西山下的烦嚣小城。

如同我匆匆地来又匆匆而去,
躲在密叶里的陌生的燕子
永远鸣啭着同样的歌声。

当我踏出这芜杂的门径,
关在里面的是过去的日子,

青草样的忧郁,红花样的青春。

1938 年 8 月

(收入《探险队》,昆明文聚社 1945 年 1 月出版)

祭

在黑夜里,激起不断的吼声,
挟起千万吨的泥沙飞越长城,
从太行山脉疯狂地向平原上涌,
桑干河,你永不驯良的桑干河!①
从远古来滋养着我们的祖先,
用肥沃的土,雄浑的力,你灌溉:
三千年的祖国,从你的谷里成长,
洪水的泛滥时时警醒着生之灾害!

就是那夜里,古国在你的脚下抖索,
黑的风,黑的云,击起狂暴的旋涡,
铁的枪,铁的炮,要从你的心胸踏过,
桑干河,你启发了祖国的桑干河!
流过了多少年从不知道忍耐,
奔腾着,怒啸着,挥下反抗的臂膀!
从此,你把哭泣的祖国点起战火,
从此,屈辱的不再是广大的山河。

---

① 桑干河,又名卢沟河,混河,无定河,清康熙年间改名永定河。——作者原注

跨着你的身子,是七百年的石桥,①
那夜,祖国的男儿如火样焚烧,
在他们头上仍是盛世的晓月残柳,
古代征马驰过的,而今做他们的慕曹!
朝着北方!忠实地追迹着光荣的祖先,
应着塞外的风,冲进隆隆的炮火,
怀着四万万颗心的赤血,仇恨和狂热,
是在搏斗里他们染红了你,桑干河!

　　冒着红光,烟火,谁说七百年的石桥老,
激热的水在涨,涨,涨;他们去祭扫,
那安息在两岸的战蚩尤的英豪。②
桑干河,你复生了祖国的桑干河!
流吧,不断地流,不断地涌起波涛,
广大的山河在激跳着你的脉搏,
流吧,战死的男儿,你祖国的魂,
我们永远纪念你,不是泪,是自由的国度。

1938 年 10 月

(原载 1939 年 1 月 27 日《益世周报》第二卷第三期)

---

① 卢沟桥,修于金,迄今七百五十年。——作者原注
② 桑干河流经涿鹿,传即黄帝战蚩尤之地。——作者原注

合 唱 二 章

1

当夜神扑打古国的魂灵,
静静地,原野沉视着黑空,
O 飞奔呵,旋转的星球,
叫光明流洗你苦痛的心胸,
叫远古在你的轮下片片飞扬,
像大旗飘进宇宙的洪荒,
看怎样的勇敢、虔敬、坚忍,
辟出了华夏辽阔的神州。
O 黄帝的子孙,疯狂!
一只魔手闭塞你们的胸膛,
万万精灵已蹚出了模糊的
碑石,在守候、渴望里彷徨。
一阵暴风,波涛,急雨——潜伏,
等待强烈的一鞭投向深谷,
埃及,雅典,罗马,从这里陨落,
O 这一刻你们在岩壁上抖索!
说不,说不,这不是古国的居处,

O 庄严的圣殿,以鲜血祭扫,
亮些,更亮些,如果你倾倒……

2

让我歌唱帕米尔的荒原,
用它峰顶静穆的声音,
混然的倾泻如远古的熔岩,
缓缓迸涌出坚强的骨干,
像钢铁编织起亚洲的海棠。
O 让我歌唱,以欢愉的心情,
浑圆天穹下那野性的海洋,
推着它倾跌的喃喃的波浪,
像嫩绿的树根伸进泥土里,
它柔光的手指抓起了神州的心房。
当我呼吸,在山河的交铸里,
无数个晨曦,黄昏,彩色的光,
从昆仑,喜马,天山的傲视,
流下了干燥的,卑湿的草原,
当黄河,扬子,珠江终于憩息,
多少欢欣,忧郁,澎湃的乐声,
随着红的,绿的,天蓝色的水,
向远方的山谷,森林,荒漠里消溶。
O 热情的拥抱!让我歌唱,
让我扣着你们的节奏舞蹈,
当人们痛哭,死难,睡进你们的胸怀,

摇曳,摇曳,化入无穷的年代,
他们的精灵,O 你们坚贞的爱!

1939 年 2 月

(原载 1939 年 10 月 27 日香港《大公报·文艺》)

防空洞里的抒情诗

他向我,笑着,这儿倒凉快,
当我擦着汗珠,弹去爬山的土,
当我看见他的瘦弱的身体
战抖,在地下一阵隐隐的风里。
他笑着,你不应该放过这个消遣的时机,
这是上海的申报,唉这五光十色的新闻,
让我们坐过去,那里有一线暗黄的光。
我想起大街上疯狂的跑着的人们,
那些个残酷的,为死亡恫吓的人们,
像是蜂踊的昆虫,向我们的洞里挤。

谁知道农夫把什么种子洒在这土里?
我正在高楼上睡觉,一个说,我在洗澡。
你想最近的市价会有变动吗?府上是?
哦哦,改日一定拜访,我最近很忙。
寂静。他们像觉到了氧气的缺乏。
虽然地下是安全的。互相观望着:
O 黑色的脸,黑色的身子,黑色的手!
这时候我听见大风在阳光里
附在每个人的耳边吹出细细的呼唤,

从他的屋檐,从他的书页,从他的血里。

  炼丹的术士落下沉重的
  眼睑,不觉堕入了梦里,
  无数个阴魂跑出了地狱,
  悄悄收摄了,火烧,剥皮,
  听他号出极乐国的声息。
  O 看,在古代的大森林里,
  那个渐渐冰冷了的僵尸!

我站起来,这里的空气太窒息,
我说,一切完了吧,让我们出去!
但是他拉住我,这是不是你的好友,
她在上海的饭店结了婚,看看这启事!

我已经忘了摘一朵洁白的丁香夹在书里,
我已经忘了在公园里摇一只手杖,
在霓虹灯下飘过,听 LOVE PARADE 散播,
O 我忘了用淡紫的墨水,在红茶里加一片柠檬。
当你低下头,重又抬起,
你就看见眼前的这许多人,你看见原野上的那许多人,
  你看见你再也看不见的无数的人们,
于是觉得你染上了黑色,和这些人们一样。

  那个僵尸在痛苦地动转,
  他轻轻地起来烧着炉丹,

在古代的森林漆黑的夜里,
"毁灭,毁灭"一个声音喊,
"你那枉然的古旧的炉丹。
死在梦里！坠入你的苦难！
听你极乐的嗓子多么洪亮！"

胜利了,他说,打下几架敌机？
我笑,是我。
当人们回到家里,弹去青草和泥土,
从他们头上所编织的大网里,
我是独自走上了被炸毁的楼,
而发见我自己死在那儿
僵硬的,满脸上是欢笑,眼泪,和叹息。

1939 年 4 月

(原载 1939 年 12 月 18 日香港《大公报·文艺》)

一九三九年火炬行列在昆明

正午。街上走着一个老游击队员
喃喃着,喘着气,吐出连串的诅咒。
没有家的东北人坐在屋隅里,
独自唱着模糊的调子,哭了。

然而这里吹着五月的春风,
五月的春风夹在灰沙里,五月的春风在地沟里流,
五月的春风关在影戏院,五月的春风像疟虫的传播,
在冷战中给你熟,在冷战中给你热。
于是我看见这个年轻人,在阳光下面走,
眼里有茫然的光。你怕什么,朋友?
他急走,没有回答,有一个黑影
在紧紧地追随。你看,你看,
老人的诅咒!
他靠在大咖啡店的皮椅里,蒙了一层烟,
开始说,我想有个黑烟锁住了我……
于是一方丝帽轻轻扶上了红色的嘴唇,笑,这是正午……
于是他看见海,明亮的海,自由的海,
在一杯朱古力在一个疲乏的笑在谈着生命的意义和苦难的
　　　　话声的节奏里,

他想要睡,在一阵香里。

这是正午!让我们打开报纸,
像低头祭扫远族的坟墓——
血债敌机狂炸重庆我守城部队
全数壮烈牺牲难民扶老携幼
大别山脉洪大山脉歼敌血战即将
展开!……
让我们记住死伤的人数,
用一个惊叹号,作为谈话的资料;
让我们歌唱起来,不愿做奴隶的人们

当他们挤在每条小巷,街角,和码头,
挑着担子,在冷清的路灯下面走,
早五点起来,空着肚子伏在给他磨光的桌案上,
用一万个楷书画涂黑了自己的时候,
枯瘦的脸,搬运军火,把行李送上了火车,
交给你搬到香港去的朋友——来信说,
这儿很安全,你买不买衣料,和 Squibb 牌的牙膏!
当他们整天的两腿泡在田里,阴湿的灵魂,
几千年埋在地下——抽芽,割去;抽芽,割去;
如今仍旧垂着头,摸黑走到家里,
打着自己的老婆,听到弟弟战死的消息。

我们坐在影戏院里,我们坐在影戏院里,
你把幕帷拉开,看见这些明亮的眼睛向前,

然而这些黑影,这些黑影

  消溶,溶进了一个黄昏,
  朦胧,像昏睡里的梦呓,
  嗡嘤着诅咒和哭泣;
  带着噩兆,城在黄昏里摇,
  向祖国低诉着一百样心情,
  沉醉的,颤动的,娇弱的。
  也许下一刻狂风把她吹起,
  满天灰烬——谁能知道!

于是我看见祖国向我们招手,用她粗壮的手臂——
你们广东音,湖南音,江北音,云南音,东北音,河南音,
北京音,上海音,福州音……
你们抛了家来的,海外来的,逃难来的,受严格的训练来的,
为神圣的呼唤而穿上军衣的,勇敢的站在青天白日底下的,
你们小孩子,青年人,中年人,老人,妇女,你们就要牺牲在炸弹
   下面的,你们就要失掉一切又得一切的人们,
歌唱!
  从你们的朱古力杯起来,从你们的回忆里起来,从你们的锁链
里起来,从你们沉重的思索里起来,从你们半热的哭泣的心里起
来,
  脱下你们的长衫,忘去你们高贵的风度,踢开你们学来的礼
节,露出来你们粗硬的胡须,苦难的脸,白弱的手臂
  我需要我们热烈的拥抱,我需要你们大声的欢笑,
  我需要你们燃起,燃起,燃起,燃起,

向黄昏里冲去。

　　祖国在歌唱,祖国的火在燃烧,

　　新生的野力涌出了祖国的欢笑,

　　轰隆,

　　轰隆,轰隆,轰隆——城池变做了废墟,房屋在倒塌,

　　衰老的死去,年轻的一无所有;

　　祖国在歌唱,对着强大的敌人,

　　投出大声的欢笑,一列,一列,一列;

　　轰隆,轰隆,轰隆,轰隆——

(我看见阳光照遍了祖国的原野,温煦的原野,绿色的原野,开满了花的原野)

　　用粗壮的手,开阔条条平坦的大路,

　　用粗壮的手,转动所有山峰里的钢铁,

　　用粗壮的手,拉倒一切过去的堡垒,

　　用粗壮的手,写出我们新的书页,

(从原始的森林里走出来亚当和夏娃,他们忘了文明和野蛮,生和死,光和暗)

　　挤进这火炬的行列,我们从酒店里走出来,

　　酒浸着我们的头脑,我们的头脑碎裂

　　像片片的树叶摇下,在心里交响。

　　我说,让我们微笑,轻松地拿起火把,

　　然而浓烟迷出了你的泪。一双素手

　　闭上了楼窗,

　　她觉得她是穿过了红暗的走廊。

　　这时候你走到屋里,又从屋里跑到街上,

　　仍旧揉着眼,向着这些人们喊——

等你吹着口哨走回。

当我回过头去,我看见路上满是烟灰,烟灰……

我们的头顶着夜空,夜空美丽而蔚蓝,

在夜空里上帝向我们笑,要有光,就有了光,

我们的头脑碎裂,像片片的树叶,在心里交响。

(原载1939年5月26日昆明《中央日报·平明》)

劝　友　人

在一张白纸上描出个圆圈，
点个黑点，就算是城市吧，
你知道我画的正在天空上，
那儿呢，那颗闪耀的蓝色小星！
于是你想着你丢失的爱情，
独自走进卧室里踱来踱去。
朋友，天文台上有人用望远镜
正在寻索你千年后的光辉呢，
也许你招招手，也许你睡了？

1939 年 6 月

(原载 1942 年 2 月 2 日《柳州日报》副刊《布谷》)

从空虚到充实

1

饥饿,寒冷,寂静无声,
广漠如流沙,在你脚下……

让我们在岁月流逝的滴响中
固守着自己的孤岛。
无聊?可是让我们谈话,
我看见谁在客厅里一步一步地走,
播弄他的嘴,流出来无数火花。

一些影子,愉快又恐惧,
在无形的墙里等待着福音。
"来了!"然而当洪水
张开臂膊向我们呼喊,
这时候我碰见了 Henry 王,
他和家庭争吵了两三天,还带着
潮水上浪花的激动,
疲倦地,走进咖啡店里,

又舒适地靠在松软的皮椅上。
我该,我做什么好呢?他想。
对面是两颗梦幻的眼睛
沉没了,在圈圈的烟雾里,
我不能再迟疑了,烟雾又旋进
脂香里。一只递水果的手
握紧了沉思在眉梢:
我们谈谈吧,我们谈谈吧。
生命的意义和苦难,
朱古力,快乐的往日。
于是他看见了
海,那样平静,明亮的呵,
在自己的银杯里在一果敢后,
街上,成队的人们正歌唱,
起来,不愿做奴隶的……
他的血沸腾,他把头埋进手中。

2

呵,谁知道我曾怎样寻找
我的一些可怜的化身,
当一阵狂涛涌来了
扑打我,流卷我,淹没我,
从东北到西南我不能
支持了。

这儿是一个沉默的女人,
"我不能支持了援救我!"
然而她说得过多了,她旋转
转得太晕了,如今是
张公馆的少奶奶。
这个人是我的朋友,
对我说,你怕什么呢?
这不过是一场梦。这个人
流浪到太原,南京,西安,汉口,
写完《中国的新生》,放下笔,
唉,我多么渴望一间温暖的住屋,
和明净的书几!这又是一个人,
他的家烧了,痛苦地喊,
战争!战争!在轰炸的时候,
(一片洪水又来把我们淹没,)
整个城市投进毁灭,卷进了
海涛里,海涛里有血
的浪花,浪花上有光。

然而这样不讲理的人我没有见过,
他不是你也不是我,
请进我们得救的华宴吧我说,
这儿有硫磺的气味裂碎的神经。
他笑了,他不懂得忏悔,
也不会饮下这杯回忆,
彷徨,动摇的甜酒。

我想我也许可以得到他的同情,
可是在我们的三段论法里,
我不知道他是谁。

3

只有你是我的弟兄,我的朋友,
多久了,我们曾经沿着无形的墙
一块走路。暗暗地,温柔地,
(为了生活也为了幸福,)
再让我们交换冷笑,阴谋和残酷。
然而什么!

大风摇过林木,
从我们的日记里摇下露珠,
在报纸上汇成了一条细流,
(流不长久也不会流远,)
流过了残酷的两岸,在岸上
我坐着哭泣。
艳丽的歌声流过去了,
祖传的契据流过去了,
茶会后两点钟的雄辩,故园,
黄油面包,家谱,长指甲的手,
道德法规都流去了,无情地,
这样深的根它们向我诉苦。
枯寂的大地让我把住你

在泛滥以前,因为我曾是
你的灵魂,得到你的抚养,
我把一切在你的身上安置,
可是水来了,站脚的地方,
也许,不久你也要流去。

4

洪水越过了无声的原野,
漫过了山角,切割,暴击;
展开,带着庞大的黑色轮廓
和恐怖,和我们失去的自己。
死亡的符咒突然碎裂了
发出崩溃的巨响,在一瞬间
我看见了遍野的白骨
旋动,我听见了传开的笑声,
粗野,洪亮,不像我们嘴角上
疲乏的笑,(当世界在我们的
舌尖揉成一颗飞散的小球,
变成白雾吐出,)它张开像一个新的国家,
要从绝望的心里拔出花,拔出草,
我听见这样的笑声在矿山里,
在火线下永远不睡的眼里,
在各样勃发的组织里,
在一挥手里
谁知道一挥手后我们在哪儿?

我们是这样厚待了这些白骨!

德明太太对老张的儿子说,
(他一来到我家我就对他说,)
你爹爹一辈子忠厚老实人,
你好好的我们也不错待你。
可是小张跑了,他的哥哥
(他哥哥比他有出息多了,)
是庄稼人,天天摸黑走回家里,
我常常给他棉絮跟他说,
是这种年头你何必老打你的老婆。
昨天他来请安,带来了他弟弟
战死的消息……

然而这不值得挂念,我知道
一个更紧的死亡追在后头,
因为我听见了洪水,随着巨风,
从远而近,在我们的心里拍打,
吞噬着古旧的血液和骨肉!

1939 年 9 月

(原载 1940 年 3 月 27 日香港《大公报》)

童　年[*]

秋晚灯下,我翻阅一页历史……
窗外是今夜的月,今夜的人间,
一条蔷薇花路伸向无尽远,
色彩缤纷,珍异的浓香扑散。
于是有奔程的旅人以手,脚
贪婪地抚摸这毒恶的花朵,
(呵,他的鲜血在每一步上滴落!)
他青色的心浸进辛辣的汁液
腐酵着,也许要酿成一盅古旧的
醇酒?一饮而丧失了本真。
也许他终于像一匹老迈的战马,
披戴无数的伤痕,木然嘶鸣。

而此刻我停伫在一页历史上,
摸索自己未经世故的足迹
在荒莽的年代,当人类还是
一群淡淡的,从远方投来的影,
朦胧,可爱,投在我心上。

---

[*] 作者曾于 1940 年 1 月将此诗抄给西南联大同学、诗友杨苡,题为《怀恋》。

天雨天晴,一切是广阔无边,
一切都开始滋生,互相交融。
无数荒诞的野兽游行云雾里,
(那时候云雾盘旋在地上,)
矫健而自由,嬉戏地泳进了
从地心里不断涌出来的
火热的熔岩,蕴藏着多少野力,
多少跳动着的雏形的山川,
这就是美丽的化石。而今那野兽
绝迹了,火山口经时日折磨
也冷涸了,空留下暗黄的一页,
等待十年前的友人和我讲说。

灯下,有谁听见在周身起伏的
那痛苦的,人世的喧声?
被冲积在今夜的隅落里,而我
望着等待我的蔷薇花路,沉默。

1939 年 10 月

(收入《探险队》,昆明文聚社 1945 年 1 月出版)

蛇 的 诱 惑

——小资产阶级的手势之一

　　创世以后，人住在伊甸乐园里，而撒旦变成了一条蛇来对人说，上帝岂是真说，不许你们吃园当中那棵树上的果子么？

　　人受了蛇的诱惑，吃了那棵树上的果子，就被放逐到地上来。

　　无数年来，我们还是住在这块地上。可是在我们生人群中，为什么有些人不见了呢？在惊异中，我就觉出了第二次蛇的出现。

　　这条蛇诱惑我们。有些人就要放逐到这贫苦的土地以外去了。

夜晚是狂欢的季节，
带一阵疲乏，穿过污秽的小巷，
细长的小巷像是一支洞箫，
当黑暗伏在巷口，缓缓吹完了
它的曲子：家家门前关着死寂。
而我也由啜泣而沉静。呵，光明
（电灯，红，蓝，绿，反射又反射，）
从大码头到中山北路现在
亮在我心上！一条街，一条街，
闹声翻滚着，狂欢的季节。
这时候我陪德明太太坐在汽车里
开往百货公司；

这时候天上亮着晚霞，
黯淡，紫红，是垂死人脸上
最后的希望，是一条鞭子
抽出的伤痕，（它扬起，落在
每条街道行人的脸上，）
太阳落下去了，落下去了，
却又打个转身，望着世界：
"你不要活吗？你不要活得
好些吗？"

  我想要有一幅地图
指点我，在德明太太的汽车里，
经过无数"是的是的"无数的
痛楚的微笑，微笑里的阴谋，
一个廿世纪的哥伦布，走向他
探寻的墓地

在妒羡的目光交错里，垃圾堆，
脏水洼，死耗子，从二房东租来的
人同骡马的破烂旅居旁，在
哭喊，叫骂，粗野的笑的大海里，
（听！喋喋的海浪在拍击着岸沿。）
我终于来了——

老爷和太太站在玻璃柜旁
挑选着珠子，这颗配得上吗？

才二千元。无数年青的先生
和小姐,在玻璃夹道里,
穿来,穿去,和英勇的宝宝
带领着飞机,大炮,和一队骑兵。
衣裙窸窣,响着,混合了
细碎,嘈杂的话声,无目的地
随着虚晃的光影飘散,如透明的
灰尘,不能升起也不能落下。
"我一向就在你们这儿买鞋,
七八年了,那个老伙计呢?
这双式样还好,只是贵些。"
而店员打恭微笑,像块里程碑
从虚无到虚无

而我只是夏日的飞蛾,
凄迷无处。哪儿有我的一条路
又平稳又幸福?是不是我就
啜泣在光天化日下,或者,
飞,飞,跟在德明太太身后?
我要盼望黑夜,朝电灯光上扑。

虽然生活是疲惫的,我必须追求,
虽然观念的丛林缠绕我,
善恶的光亮在我的心里明灭,
自从撒旦歌唱的日子起,
我只想园当中那个智慧的果子:

阿谀,倾轧,慈善事业,
这是可喜爱的,如果我吃下,
我会微笑着在文明的世界里游览,
戴上遮阳光的墨镜,在雪天
穿一件轻羊毛衫围着火炉,
用巴黎香水,培植着暖房的花朵。

那时候我就会离开了亚当后代的宿命地,
贫穷,卑贱,粗野,无穷的劳役和痛苦……
但是为什么在我看去的时候,
我总看见二次被逐的人们中,
另外一条鞭子在我们的身上扬起:
那是诉说不出的疲倦,灵魂的
哭泣——德明太太这么快的
失去的青春,无数年青的先生
和小姐,在玻璃的夹道里,
穿来,穿去,带着陌生的亲切,
和亲切中永远的隔离。寂寞,
锁住每个人。生命树被剑守住了,
人们渐渐离开它,绕着圈子走。
而感情和理智,枯落的空壳,
播种在日用品上,也开了花,
"我是活着吗?我活着吗?我活着
为什么?"
　　　　　为了第二条鞭子的抽击。
墙上有收音机,异域的乐声,

57

扣着脚步的节奏,向着被逐的
"吉普西",唱出了他们流荡的不幸。

呵,我觉得自己在两条鞭子的夹击中,
我将承受哪个?阴暗的生的命题……

1940年2月

(原载1940年5月4日香港《大公报·文艺》)

玫 瑰 之 歌

1　一个青年人站在现实和梦的桥梁上

我已经疲倦了,我要去寻找异方的梦。
那儿有碧绿的大野,有成熟的果子,有晴朗的天空,
大野里永远散发着日炙的气息,使季节滋长,
那时候我得以自由,我要在蔚蓝的天空下酣睡。

谁说这儿是真实的?你带我在你的梳妆室里旋转,
告诉我这一样是爱情,这一样是希望,这一样悲伤,
无尽的涡流飘荡你,你让我躺在你的胸怀,
当黄昏溶进了夜雾,吞蚀的黑影悄悄地爬来。

O 让我离去,既然这儿一切都是枉然,
我要去寻找异方的梦,我要走出凡是落絮飞扬的地方,
因为我的心里常常下着初春的梅雨,现在就要放晴,
在云雾的裂纹里,我看见了一片腾起的,像梦。

2 现实的洪流冲毁了桥梁,他躲在真空里

什么都显然褪色了,一切是病恹而虚空,
朵朵盛开的大理石似的百合,伸在土壤的欲望里颤抖,
土壤的欲望是裸露而赤红的,但它已是我们的仇敌,
当生命化作了轻风,而风丝在百合忧郁的芬芳上飘流。

自然我可以跟着她走,走进一座诡秘的迷宫,
在那里像一头吐丝的蚕,抽出青春的汁液来团团地自缚;
散步,谈电影,吃馆子,组织体面的家庭,请来最懂礼貌的朋友茶会,
然而我是期待着野性的呼喊,我蜷伏在无尽的乡愁里过活。

而溽暑是这么快地逝去了,那喷着浓烟和密雨的季候;
而我已经渐渐老了,你可以看见我整日整夜地围着炉火,
梦寐似地喃喃着,像孤立在浪潮里的一块石头,
当我想着回忆将是一片空白,对着炉火,感不到一点温热。

3 新鲜的空气透进来了,他会健康起来吗

在昆明湖畔我闲踱着,昆明湖的水色澄碧而温暖,
莺燕在激动地歌唱,一片新绿从大地的旧根里熊熊燃烧,
播种的季节——观念的突进——然而我们的爱情是太古老了,
一次颓废列车,沿着细碎之死的温柔,无限生之尝试的苦恼。

我长大在古诗词的山水里,我们的太阳也是太古老了,

没有气流的激变,没有山海的倒转,人在单调疲倦中死去。
突进!因为我看见一片新绿从大地的旧根里熊熊燃烧,
我要赶到车站搭一九四〇年的车开向最炽热的熔炉里。

虽然我还没有为饥寒,残酷,绝望,鞭打出过信仰来,
没有热烈地喊过同志,没有流过同情泪,没有闻过血腥,
然而我有过多的无法表现的情感,一颗充满着熔岩的心
期待深沉明晰的固定。一颗冬日的种子期待着新生。

1940 年 3 月

(原载 1940 年 4 月 7 日西南联大
《今日评论》周刊第三卷第十四期)

失 去 的 乐 声

当我以臂膊拥抱你的时候,
我就慢慢贴近了大地的心胸,
我的血流出在时间的长流里,
我倒了,而在我的心里飘扬着
从远古向我奏来的凯旋的乐声
(永恒的丰满里那生命的欢乐,)
在原始的森林里,当燧人氏
忽然睡醒了,从地穴里走出来,
靠在枯木上一钻,跳出了火;
当黄帝徘徊于桑干河的原野上,
忘怀在宇宙里,感到了磁力,
一刹那注定了蚩尤的败亡;
还有多少世代的航海的人们,
在辉煌的日出和日落之间,
歌唱着,驾驶着汹涌的海浪,
而梦见了海水拍击着他们的家乡。
多少凯旋的乐声留在大地里,
在我们拥抱时就缓缓地涌出,
摇撼着,逼醒了年幼的精灵,
而让时流冲去我们丰满的尸体。

然而当我深深低头的时候,
我吻着又吻着一个苍白的梦,
我一次又一次失眠在时流里,
无论是拥抱你,或是踯躅在黄昏的街头,
我总听见了那凯旋的乐声,
隆盛地,从大地的远方响去,
而留下了我的古老得可怕的身体。

一九四〇年四月

(原载 1940 年 6 月《今日评论》第三卷第二十四期)

X 光

太阳是昨夜的
光明的实体,
我们朝着它歌唱又舞蹈。
——想想中国饥饿的人群。

而光明是人们的想像,
光明是不存在的。
只有探海灯似的 X 光线,
穿过一切实体而放射。
——想想不断的流血的革命。

在 X 光里,
O,年青的精灵永远欢跳!

如果太阳沉进海波里,
我们要放出探海灯似的 X 光来,
而在紧闭的诊断室里,
我们觉得窒息。

——想想欧洲弱小的国家。

一九四〇,四月

(原载 1940 年 6 月《今日评论》第三卷第二十四期)

漫 漫 长 夜

我是一个老人。我默默地守着
这迷漫一切的,昏乱的黑夜。

我醒了又睡着,睡着又醒了,
然而总是同一的,黑暗的浪潮,
从远远的古京流过了无数小岛,
同一的陆沉的声音碎落在
我的耳岸:无数人活着,死了。

那些淫荡的梦游人,庄严的
幽灵,拖着僵尸在街上走的,
伏在女人耳边诉说着热情的
怀疑分子,冷血的悲观论者,
和臭虫似的,在饭店,商行,
剧院,汽车间爬行的吸血动物,
这些我都看见了不能忍受。
我是一个老人,失却了气力了,
只有躺在床上,静静等候。

然而总传来阵阵狞恶的笑声,

从漆黑的阳光下,高楼窗
灯罩的洞穴下,和"新中国"的
沙发,爵士乐,英语会话,最时兴的
葬礼。——是这样蜂拥的一群,
笑脸碰着笑脸,狡狯骗过狡狯,
这些鬼魂阿谀着,阴谋着投生,
在墙根下,我可以听见那未来的
大使夫人,简任秘书,专家,厂主,
已得到热烈的喝彩和掌声。
呵,这些我都听见了不能忍受。

但是我的孩子们战争去了,
(我的可爱的孩子们茹着苦辛,
他们去杀死那吃人的海盗。)

我默默地躺在床上。黑夜
摇我的心使我不能入梦,
因为在一些可怕的幻影里,
我总念着我孩子们未来的命运。
我想着又想着,荒芜的精力
折磨我,黑暗的浪潮拍打我,
蚀去了我的欢乐,什么时候
我再可寻找回来? 什么时候
我可以搬开那块沉沉的碑石,
孤立在墓草边上的
死的诅咒和生的朦胧?

在那底下隐藏着许多老人的青春。

但是我的健壮的孩子们战争去了,
(他们去杀死那比一切更毒恶的海盗,)
为了想念和期待,我咽进这黑夜里
不断的血丝……

1940 年 4 月

(原载 1940 年 7 月 22 日香港《大公报·文艺》)

在 旷 野 上

我从我心的旷野里呼喊,
为了我窥见的美丽的真理,
而不幸,彷徨的日子将不再有了,
当我缢死了我的错误的童年,
(那些深情的执拗和偏见!)
我们的世界是在遗忘里旋转,
每日每夜,它有金色和银色的光亮,
所有的人们生活而且幸福
快乐又繁茂,在各样的罪恶上,
积久的美德只是为了年幼人
那最寂寞的野兽一生的哭泣,
从古到今,他在遗害着他的子孙们。

在旷野上,我独自回忆和梦想:
在自由的天空中纯净的电子
盛着小小的宇宙,闪着光亮,
穿射一切和别的电子的化合,
当隐隐的春雷停伫在天边。
在旷野上,我是驾着铠车驰骋,
我的金轮在不断的旋风里急转,

我让碾碎的黄叶片片飞扬,
(回过头来,多少绿色的呻吟和仇怨!)
我只鞭击着快马,为了骄傲于
我所带来的胜利的冬天。
在旷野上,在无边的肃杀里,
谁知道暖风和花草飘向何方,
残酷的春天使它们伸展又伸展,
用了碧洁的泉水和崇高的阳光,
挽来绝望的彩色和无助的夭亡。

然而我的沉重、幽暗的岩层,
我久已深埋的光热的源泉,
却不断地迸裂,翻转,燃烧,
当旷野上掠过了诱惑的歌声,
O,仁慈的死神呵,给我宁静。

1940 年 8 月

(原载 1940 年 10 月 12 日香港《大公报·文艺》)

祭

阿大在上海某家工厂里劳作了十年,
贫穷,枯槁。只因为还余下了一点力量,
一九三八年他战死于台儿庄沙场。
在他瞑目的时候天空中涌起了彩霞,
染去他的血,等待一早复仇的太阳。

昨夜我碰见了年青的厂主,我的朋友,
而慨叹着报上的伤亡。我们跳了一句钟
狐步,又喝些酒。忽然他觉得自己身上
长了刚毛,脚下濡着血,门外起了大风。
他惊问这是什么,我不知道这是什么。

(原载 1940 年 9 月 12 日香港《大公报·文艺》,
题为《"有钱出钱,有力出力"》)

不幸的人们

我常常想念不幸的人们,
如同暗室的囚徒窥伺着光明,
自从命运和神祇失去了主宰,
我们更痛地抚摸着我们的伤痕,
在遥远的古代里有野蛮的战争,
有春闺的怨女和自溺的诗人,
是谁的安排荒诞到让我们讽笑,
笑过了千年,千年中更大的不幸。

诞生以后我们就学习着忏悔,
我们也曾哭泣过为了自己的侵凌,
这样多的是彼此的过失,
仿佛人类就是愚蠢加上愚蠢——
是谁的分派?一年又一年,
我们共同的天国忍受着割分,
所有的智慧不能够收束起,
最好的心愿已在倾圮下无声。

像一只逃奔的鸟,我们的生活
孤单着,永远在恐惧下进行,

如果这里集腋起一点温暖,
一定的,我们会在那里得到憎恨,
然而在漫长的梦魇惊破的地方,
一切的不幸汇合,像汹涌的海浪,
我们的大陆将被残酷来冲洗,
洗去人间多年的山峦的图案——

是那里凝固着我们的血泪和阴影。
而海,这解救我们的猖狂的母亲,
永远地溶解,永远地向我们呼啸,
呼啸着山峦间隔离的儿女们,
无论在黄昏的路上,或从碎裂的心里,
我都听见了她的不可抗拒的声音,
低沉的,摇动在睡眠和睡眠之间,
当我想念着所有不幸的人们。

1940 年 9 月

(原载 1940 年 10 月 16 日香港《大公报·文艺》)

悲观论者的画像

在以前,幽暗的佛殿里充满寂寞,
银白的香炉里早就熄灭了火星,
我们知道万有只是些干燥的泥土,
虽然,塑在宝座里,他的眼睛

仍旧闪着理性的,怯懦的光芒,
算知过去和未来。而那些有罪的
以无数错误堆起历史的男女
——那些匍匐着献出了神力的,

他们终于哭泣了,并且离去。
政论家枉然呐喊:我们要自由!
负心人已去到了荒凉的冰岛,
伸出两手,向着肃杀的命运的天:

"给我热!为什么不给我热?
我沉思地期待着伟大的爱情!
都去掉吧:那些喧嚣,愤怒,血汗,
人间的尘土!我的身体多么洁净。

"然而却冻结在流转的冰川里,
每秒钟嘲笑我,每秒过去了,
那不可挽救的死和不可触及的希望;
　　给我安慰!让我知道

"我自己的恐惧,在欢快的时候,
和我的欢快,在恐惧的时候,
让我知道自己究竟是死还是生,
为什么太阳永在地平的远处绕走……"

　　　　(原载 1940 年 9 月 5 日香港《大公报·文艺》)

窗

——寄敌后方某女士

是不是你又病了,请医生上楼,
指给他那个窗,说你什么也没有?
我知道你爱晚眺,在高倨的窗前,
你楼里的市声常吸有大野的绿色。

从前我在你的楼里和人下棋,
我的心灼热,你害怕我们输赢。
想着你的笑,我在前线受伤了,
然而我守住阵地,这儿是片好风景。

原来你的窗子是个美丽的装饰,
我下楼时就看见了坚厚的墙壁,
它诱惑别人却关住了自己。

(原载 1940 年 9 月 12 日香港《大公报·文艺》)

出 发
——三千里步行之一

澄碧的沅江滔滔地注进了祖国的心脏,
浓密的桐树,马尾松,丰富的丘陵地带,
欢呼着又沉默着,奔跑在江水两旁。

千里迢遥,春风吹拂,流过了一个城脚,
在桃李纷飞的城外,它摄了一个影:
黄昏,幽暗寒冷,一群站在海岛上的鲁滨逊
失去了一切,又把茫然的眼睛望着远方,

凶险的海浪澎湃,映红着往日的灰烬。
(哟!如果有 Guitar,悄悄弹出我们的感情!)
一扬手,就这样走了,我们是年青的一群。

而江水滔滔流去了,割进幽暗的夜,
一条抖动的银链振鸣着大地的欢欣。
在清水潭,我看见一个老船夫撑过了急流,笑……

在军山铺,孩子们坐在阴暗的高门槛上
晒着太阳,从来不想起他们的命运……
在太子庙,枯瘦的黄牛翻起泥土和粪香,

背上飞过双蝴蝶躲进了开花的菜田……
在石门桥,在桃源,在郑家驿,在毛家溪……
我们宿营地里住着广大的中国的人民,
在一个节日里,他们流着汗挣扎,繁殖!

我们有不同的梦,浓雾似地覆在沅江上,
而每日每夜,沅江是一条明亮的道路,
不尽的滔滔的感情,伸在土地里扎根!
哟,痛苦的黎明!让我们起来,让我们走过
浓密的桐树,马尾松,丰富的丘陵地带,
欢呼着又沉默着,奔跑在江水的两旁。

(原载 1940 年 10 月 21 日重庆《大公报·战线》)

原野上走路
——三千里步行之二

我们终于离开了渔网似的城市,
那以窒息的、干燥的、空虚的格子
不断地捞我们到绝望去的城市呵!

而今天,这片自由阔大的原野
从茫茫的天边把我们拥抱了,
我们简直可以在浓郁的绿海上浮游。

我们泳进了蓝色的海,橙黄的海,棕赤的海……
 噉!我们看见透明的大海拥抱着中国,
一面玻璃圆镜对着鲜艳的水果;
一个半弧形的甘美的皮肤上憩息着村庄,
转动在阳光里,转动在一队蚂蚁的脚下,
到处他们走着,倾听着春天激动的歌唱!
听!他们的血液在和原野的心胸交谈,
(这从未有过的清新的声音说些什么呢?)
 噉!我们说不出是为什么(我们这样年青)
在我们的血里流泻着不尽的欢畅。

我们起伏在波动又波动的油绿的田野,

一条柔软的红色带子投进了另外一条
系着另外一片祖国土地的宽长道路,
圈圈风景把我们缓缓地簸进又簸出,
而我们总是以同一的进行的节奏,
把脚掌拍打着松软赤红的泥土。

我们走在热爱的祖先走过的道路上,
多少年来都是一样的无际的原野,
(噢！蓝色的海,橙黄的海,棕赤的海……)
多少年来都澎湃着丰盛收获的原野呵,
如今是你,展开了同样的诱惑的图案
等待着我们的野力来翻滚。所以我们走着
我们怎能抗拒呢？噢！我们不能抗拒
那曾在无数代祖先心中燃烧着的希望。

这不可测知的希望是多么固执而悠久,
中国的道路又是多么自由而辽远呵……

　　　　（原载 1940 年 10 月 25 日重庆《大公报·战线》）

五　月

　　　　五月里来菜花香
　　　　布谷流连催人忙
　　　　万物滋长天明媚
　　　　浪子远游思家乡

勃朗宁,毛瑟,三号手提式,
或是爆进人肉去的左轮,
它们能给我绝望后的快乐,
对着漆黑的枪口,你就会看见
从历史的扭转的弹道里,
我是得到了二次的诞生。
无尽的阴谋;生产的痛楚是你们的,
是你们教了我鲁迅的杂文。

　　　　负心儿郎多情女
　　　　荷花池旁订誓盟
　　　　而今独自倚栏想
　　　　落花飞絮满天空

而五月的黄昏是那样的朦胧!
在火炬的行列叫喊过去以后,
谁也不会看见的

被恭维的街道就把他们倾出,
在报上登过救济民生的谈话后,
谁也不会看见的
愚蠢的人们就扑进泥沼里,
而谋害者,凯歌着五月的自由,
紧握一切无形电力的总枢纽。

  春花秋月何时了
  郊外墓草又一新
  昔日前来痛哭者
  已随轻风化灰尘

还有五月的黄昏轻网着银丝,
诱惑,溶化,捉捕多年的记忆,
挂在柳梢头,一串光明的联想……
浮在空气的小溪里,把热情拉长……
于是吹出些泡沫,我沉到底,
安心守住了你们古老的监狱,
一个封建社会搁浅在资本主义的历史里。

  一叶扁舟碧江上
  晚霞炊烟不分明
  良辰美景共饮酒
  你一杯来我一盅

而我是来飨宴五月的晚餐,
在炮火映出的影子里,
有我交换着敌视,大声谈笑,
我要在你们之上,做一个主人,

直到提审的钟声敲过了十二点。
因为你们知道的,在我的怀里
藏着一个黑色小东西,
流氓,骗子,匪棍,我们一起,
在混乱的街上走——

  他们梦见铁拐李
  丑陋乞丐是仙人
  游遍天下厌尘世
  一飞飞上九层云

1940 年 11 月

(原载 1941 年 7 月 21 日《贵州日报·革命军诗刊》)

我

从子宫割裂，失去了温暖，
是残缺的部分渴望着救援，
永远是自己，锁在荒野里，

从静止的梦离开了群体，
痛感到时流，没有什么抓住，
不断的回忆带不回自己，

遇见部分时在一起哭喊，
是初恋的狂喜，想冲出樊篱，
伸出双手来抱住了自己

幻化的形象，是更深的绝望，
永远是自己，锁在荒野里，
仇恨着母亲给分出了梦境。

1940 年 11 月

（原载 1941 年 5 月 16 日重庆《大公报·战线》）

还 原 作 用

污泥里的猪梦见生了翅膀,
从天降生的渴望着飞扬,
当他醒来时悲痛地呼喊。

胸里燃烧了却不能起床,
跳蚤,耗子,在他的身上黏着:
你爱我吗?我爱你,他说。

八小时工作,挖成一颗空壳,
荡在尘网里,害怕把丝弄断,
蜘蛛嗅过了,知道没有用处。

他的安慰是求学时的朋友,
三月的花园怎么样盛开,
通信连起了一大片荒原。

那里看出了变形的枉然,
开始学习着在地上走步,

一切是无边的,无边的迟缓。

1940 年 11 月

(原载 1941 年 3 月 16 日桂林《大公报·文艺》)

智 慧 的 来 临

成熟的葵花朝着阳光移转,
太阳走去时他还有感情,
在被遗留的地方忽然是黑夜,

对着永恒的相片和来信,
破产者回忆到可爱的债主,
刹那的欢乐是他一生的偿付,

然而渐渐看到了运行的星体,
向自己微笑,为了旅行的兴趣,
和他们一一握手自己是主人,

从此便残酷地望着前面,
送人上车,掉回头来背弃了
动人的忠诚,不断分裂的个体

稍一沉思会听见失去的生命,
落在时间的激流里,向他呼救。

1940 年 11 月

(原载 1941 年 3 月 15 日香港《大公报·文艺》)

潮　　汐

1

当庄严的神殿充满了贵宾,
朝拜的山路成了天启的教条,
我们知道万有只是干燥的泥土,
虽然,塑在宝座里,他的容貌

仍旧闪着伟业的,降服的光芒,
已在谋害里贪生。而那些有罪的
以无数错误铸成历史的男女,
那些匍匐着献出了神力的

他们终于哭泣了,自动离去了
放逐在正统的,传世的诅咒中,
有的以为是致命的,死在殿里,
有的则跋涉着漫长的路程,

看见到处的繁华原来是地狱,

不能够挣脱,爱情将变做仇恨,
是在自己的废墟上,以卑贱的泥土,
他们匍匐着竖起了异教的神。

2

这时候在中原上,哗经的人
在无可挽留中送走了贵宾,
表现了正直。而对于那些有罪的,
从经典里引出来无穷的憎恨;

回忆起卖身后得到的恩惠,
他叹息,要为自杀的尸首招魂:
宇宙间是充满了太多的血泪,
你们该忏悔,存在一颗宽恕的心。

而愚昧不断地在迫害里伸展,
密集的暗云下不使人放心,
哗经人做了法事,回到鼠穴里,
庄严的神殿原不过一种猜想,

而雷终于说话了,自杀的尸首
虽然他们也歌唱而且欢欣,
却无奈地随着贵宾和哗经者,

是在一个星球上,向着西方移行。

1941 年 1 月

(原载 1941 年 11 月 27 日《贵州日报·革命军诗刊》,题目为《潮汐——给运燮》)

在寒冷的腊月的夜里

在寒冷的腊月的夜里,风扫着北方的平原,
北方的田野是枯干的,大麦和谷子已经推进了村
　　庄,
岁月尽竭了,牲口憩息了,村外的小河冻结了,
在古老的路上,在田野的纵横里闪着一盏灯光,
　　　　一副厚重的,多纹的脸,
　　　　他想什么?他做什么?
　　　在这亲切的,为吱哑的轮子压死的路上。

风向东吹,风向南吹,风在低矮的小街上旋转,
木格的窗纸堆着沙土,我们在泥草的屋顶下安眠,
谁家的儿郎吓哭了,哇——呜——呜——从屋顶传
　　过屋顶,
他就要长大了渐渐和我们一样地躺下,一样地打
　　鼾,
　　　　从屋顶传过屋顶,风
　　　　这样大岁月这样悠久,
　　我们不能够听见,我们不能够听见。

火熄了么?红的炭火拨灭了么?一个声音说,

我们的祖先是已经睡了,睡在离我们不远的地方,
所有的故事已经讲完了,只剩下了灰烬的遗留,
在我们没有安慰的梦里,在他们走来又走去以后,
　　在门口,那些用旧了的镰刀,
　　　锄头,牛轭,石磨,大车,
　　静静地,正承接着雪花的飘落。

1941 年 2 月

(原载 1941 年 2 月 22 日香港《大公报·文艺》)

夜晚的告别

她说再见,一笑带上了门,
她是活泼,美丽,而且多情的,
在门外我听见了一个声音,
风在怒号,海上的舟子嘶声地喊:
什么是你认为真的,美的,善的?
什么是你的理想的探求?
一副毒剂。我们失去了安乐。

风粗暴地吹打,海上这样凶险,
我听不见她的细弱的呼求了,
风粗暴地吹打,当我
在冷清的街道一上一下,
多少亲切的,可爱的,微笑的,
是这样的面孔让她向我说,
你是冷酷的。你是不是冷酷的?

我是太爱,太爱那些面孔了,
他们谄媚我,耳语我,讽笑我,
鬼脸,阴谋,和纸糊的假人,
使我的一拳落空,使我想起

老年人将怎样枉然地太息。
因为青春是短促的。当她说
你是冷酷的。你是不是冷酷的?

一个活泼,美丽,多情的女郎,
她愿意知道海上的风光,
那些坦白后的激动和心跳,
热情的眼泪,互助,温暖……
谁知道,在海潮似的面孔中,
也许将多了她的动人的脸——
我不奇异。这样的世界没有边沿。

在冷清街道上,我独自
走回多少次了:多情的思索
是不好的,它要给我以伤害,
当我有了累赘的良心。
嘶声的舟子驾驶着船,
他不能倾覆和人去谈天,
在海底,一切是那样的安闲!

1941 年 3 月

(收入《探险队》,昆明文聚社 1945 年 1 月出版)

鼠　穴

我们的父亲,祖父,曾祖,
多少古人藉他们还魂,
多少个骷髅露齿冷笑,
当他们探进丰润的面孔,
计议,诋毁,或者祝福,

虽然现在他们是死了,
虽然他们从没有活过,
却已留下了不死的记忆,
当我们乞求自己的生活,
在形成我们的一把灰尘里,

我们是沉默,沉默,又沉默,
在祭祖的发霉的顶楼里,
用嗅觉摸索一定的途径,
有一点异味我们逃跑,
我们的话声说在背后,

有谁敢叫出不同的声音?
不甘于恐惧,他终要被放逐,

这个恩给我们的仇敌,
一切的繁华是我们做出,
我们被称为社会的砥柱,

因为,你知道,我们是
不败的英雄,有一条软骨,
我们也听过什么是对错,
虽然我们是在啃啮,啃啮
所有的新芽和旧果。

1941 年 3 月

(收入《探险队》,昆明文聚社 1945 年 1 月出版)

我 向 自 己 说

我不再祈求那不可能的了,上帝,
当可能还在不可能的时候,
生命的变质,爱的缺陷,纯洁的冷却
这些我都承继下来了,我所祈求的

因为越来越显出了你的威力,
从学校一步就跨进你的教堂里,
是在这里过去变成了罪恶,
而我匍匐着,在命定的绵羊的地位,

不不,虽然我已渐渐被你收回了,
虽然我已知道了学校的残酷
在无数的绝望以后,别让我
把那些课程在你的坛下忏悔,

虽然不断的暗笑在周身传开,
而恩赐我的人绝望地叹息,
不不,当可能还在不可能的时候,

我仅存的血正毒恶地澎湃。

1941 年 3 月

(原载 1941 年 4 月 14 日香港《大公报·文艺》)

中国在哪里

1

有新的声音要从心里迸出,
(他们说是春天的到来)
住在城市的人张开口,厌倦了,
他们去到天外的峰顶上觉得自由,
路上有孤独的苦力,零零落落,
下着不稳的脚步,在田野里,
粗黑的人忘记了城里的繁华,扬起
久已被扬起的尘土,

在河边,他们还是蹬着干燥的石子,
俯着身,当船只逆行着急水,
唉唷,——唉唷,——唉唷,——
多思的人替他们想到了在西北,
在一望无际的风沙之下,
正有一队骆驼"艰苦地"前进,

而他们是俯视着了,

静静,千古淘去了屹立的人,
不动的田垄却如不动的山岭,
在历史上,也就是在报纸上,
那里记载的是自己代代的父亲,

地主,商人,各式的老爷,
没有他们儿子那样的聪明,
他们是较为粗鲁的,
他们仔细地,短指头数着钱票,
把年轻的女人搂紧,哈哈地笑,

躺下他们睡了,也不会想到
(每一代也许迟睡了三分钟),
因而他们的儿子渐渐学知了
自己的悲观的,复杂的命运。

2

那是母亲的痛苦?那里
母亲的悲哀?——春天?
在受孕的时期,
看进没有痛苦的悲哀,那沉默,
虽然孩子的队伍站在清晨的广场,
有节拍的歌唱,他们纯洁的高音
虽然使我激动而且流泪了,
虽然,堕入沉思里,我是怀疑的,

希望,系住我们。希望
在没有希望,没有怀疑
的力量里,

在永远被蔑视的,沉冤的床上,
在隐藏了欲念的,枯瘪的乳房里,
我们必需扶助母亲的生长
我们必需扶助母亲的生长
我们必需扶助母亲的生长
因为在史前,我们得不到永恒,
我们的痛苦永远地飞扬,
而我们的快乐
在她的母腹里,是继续着……

(原载1941年4月10日香港《大公报·文艺》)

华参先生的疲倦

这位是杨小姐,这位是华参先生,
微笑着,公园树荫下静静的三杯茶
在试探空气变化自己的温度。
我像是个幽暗的洞口,虽然倾圮了,
她的美丽找出来我过去的一个女友,
"让我们远离吧,"在蔚蓝的烟圈里消失。
谈着音乐,社会问题,和个人的历史,
顶欢喜的和顶讨厌的都趋向一个目的,
片刻的诙谐,突然的攻占和闪避,
就从杨小姐诱出可亲近的人,无疑地,
于是随便地拜访,专心于既定的策略,
像宣传的画报一页页给她展览。
我看过讨价还价,如果折衷成功,
是在丑角和装样中显露的聪明。

春天的疯狂是在花草,虫声,和蓝天里,
而我是理智的,我坐在公园里谈话,

虽然——
我曾经固执着像一架推草机,

曾经爱过,在山峦的起伏上奔走,
我的脸和心是平行的距离,
我曾经哭过笑过,里面没有一个目的,
我没有用脸的表情串成阴谋
寻得她的喜欢,践踏在我的心上
让她回忆是在泥沼上软软的没有底……

天际以外,如果小河还是自在地流着,
那末就别让回忆的暗流使她凝滞。
我吸着烟,这样的思想使我欢喜。

在树荫下,成双的人们踱着步子。
他们是怎样成功的?
他们要谈些什么?我爱你吗?
有谁终于献出了那一献身的勇气?
(我曾经让生命自在地流去了,
崇奉,牺牲,失败,这是容易的。)
而我是和杨小姐,一个善良的人,
或许是我的姨妹,我是她的弟兄,
或许是负伤的鸟,可以倾心地抚慰,
在祝福里,人们会感到憩息和永恒。

然而我看见过去,推知了未来,
我必须机警,把这样的话声放低:
你爱吃樱桃吗?不。你爱黄昏吗?
不。

诱惑在远方,且不要忘记了自己,
在化合公式里,两种元素敌对地演习!

而事情开头了,就要没有结束,
风永远地吹去,无尽的波浪推走,
"让我们远离吧,"在蔚蓝的烟圈里消失。

我喝茶。在茶喝过了以后,
在我想横在祭坛上,又掉下来以后,
在被人欣羡的时刻度去了以后,
表现出一个强者,这不是很合宜吗?
我约定再会,拿起了帽子。
我还要去办事情,会见一些朋友,
和他们说请你……或者对不起,我要……
为了继续古老的战争,在人的爱情里。

孤独的时候,安闲在陌生的人群里,
在商店的窗前我整理一下衣襟,
我的精神是我的,没有机会能够放松。

(原载 1941 年 4 月 24 日重庆《大公报·战线》)

神魔之争

东 风：

太阳出来了，海已经静止，
苏醒的大地朝向我转移。
O光明！O生命！O宇宙！
我是诞生者，在一拥抱间，
无力的繁星触我而流去，

来自虚无，我轻捷的飞跑，
哪里是方向？方向的脚步
迟疑的，正在随我而扬起。
在篱下有一枝新鲜的玫瑰，
为我燃烧着，寂寞的哭泣，

虽然她和我一样的古老，
恋语着，不知道多少年了，
虽然她生了又死，死了又生，
游荡着，穿过那没有爱憎的地方，
重到这腐烂了一层的岩石上，

在山谷,河流,绿色的平原,
那最后诞生的是人类的乐声,
因我的吹动,每一年更动听,
但我不过扬起古老的愚蠢:
正义,公理,和世代的纷争——

O 旋转!虽然人类在毁灭
他们从腐烂得来的生命:
我愿站在年幼的风景前,
一个老人看着他的儿孙争闹,
憩息着,轻拂着枝叶微笑。

神:

一切和谐的顶点,这里
是我。

魔:

而我,永远的破坏者。

神:

不。它不能破坏,一如
爱的誓言。它不能破坏,

当远古的圣殿屹立在海岸，
承受风浪的吹打，拥抱着
多少英雄的血，多少歌声
流去了，留下了膜拜者，
当心心联起像一座山，
永远的生长，为幸福荫蔽
直耸到云霄，美德的天堂，
是弱者的渴慕，不屈的
恩赏。
　　你不能。

魔：

　　是的，我不能。
因为你有这样的力！你有
双翼的铜像，指挥在
大理石的街心。你有胜利的
博览会，古典的文物，
聪明，高贵，神圣的契约。
你有自由，正义，和一切
我不能有的。
　　O！我有什么！
在寒冷的山地，荒漠，和草原，
当东风耳语着树叶，当你
启示给你的子民，散播了
最快乐的一年中最快乐的季节，

他们有什么？那些轮回的
牛，马，和虫豸。我看见
空茫，一如在被你放逐的
凶险的海上，在那无法的
眼里，被你抛弃的渣滓，
他们枉然，向海上的波涛
倾泻着疯狂。O我有什么！
无言的机械按在你脚下，
充塞着煤烟，烈火，听从你
当毁灭每一天贪婪的等待，
他们是铁钉，木板。相互
磨出来你的营养。

O，天！

不，这样的呼喊有什么用？
因为就是在你的奖励下，
他们得到的，是耻辱，灭亡。

神：

仁义在那里？责任，理性，
永远逝去了！反抗书写在
你的脸上。而你的话语，
那一锅滚沸的水泡下，
奔窜着烈火，是自负，
无知，地狱的花果。
你已铸出了自己的灭亡，

那爱你的将为你的忏悔
喜悦,为你的顽固悲伤。

我是谁?在时间的河流里,
一盏起伏的,永远的明灯。
我听过希腊诗人的歌颂,
浸过以色列的圣水,印度的
佛光。我在中原赐给了
智慧的诞生。在幽明的天空下,
我引导了多少游牧的民族,
从高原到海岸,从死到生,
无数帝国的吸力,千万个庙堂
因我的降临而欢乐。
　　　　　　现在,
我错了吗?当暴力,混乱,罪恶,
要来充塞时间的河流。一切
光辉的再不能流过,就是小草
也将在你的统治下呻吟。
我错了吗?所有的荣誉,
法律,美丽的传统,回答我!

　　　　魔:

黑色的风,如果你还有牙齿,
诅咒!
暴躁的波涛也别在深渊里

滚转着你毒恶的泛滥,
让奸诈的,凶狠的,饥渴的死灵,
蟒蛇,刀叉,冰山的化身,
整个的泼去,
　　　　　在错误和错误上,
凡是母亲的孩子,拿你的一份!

神:

畏惧是不当的,我所恐怕的
已经来临了。
　　　　　O,纵横的山脉,
在我的威力下奔驰的,你们
拧起我的筋骨来!在我胸上,
让炸弹,炮火,混乱的城市,
喷出我洁净的,和谐的感情。
站在旋风的顶尖,我等待
你涌来的血的河流——沉落,
当我收束起暴风雨的天空,
而阴暗的重云再露出彩虹。

林妖合唱:

谁知道我们什么做成?
啄木鸟的回答:叮当!
我们知道自己的愚蠢,

一如树叶永远的红。

谁知道生命多么长久?
一半是醒着,一半是梦。
我们活着是死,死着是生,
呵,没有人过得更为聪明。

小河的流水向我们说,
谁能够数出天上的星?
但是在黑夜,你只好摇头,
当太阳照耀着,我们能。

这里是红花,那里是绿草,
谁知道它们怎样生存?
呵没有,没有,没有一个,
我们知道自己的愚蠢。

林妖甲:

白日是长的,虽然生命
短得像一句叹息。我们怎样
消磨这光亮? 亲爱的羊,
小鹿,鼹鼠,蚯蚓,告诉我。
深入羞怯的山谷,我们将
换去她的衣裳? 还是追逐
嗡营里,蜜蜂的梦? 或者,

钻入泥土听年老的树根
讲它的故事?
　　　　　　O 谁在那儿?
那是什么?

林妖乙:

那是火!
　　　　　从四面向我们扑来。
O 看!树木已露出黑色的头发
向上飘扬,它的温柔的胸怀
也卷动着红色的舌头!
　　　　　　　O 火!火!

魔:

不要躲避我残酷的拥抱,
这空虚的心正期待着血的满足!
没有同情,没有一只温暖
的手,抚慰我的创痕。
　　　　　　　但是,
为什么我要渴求这些?
为什么我要渴求茫昧的笑,
一句哄骗的话语,或者等待
成列的天使歌舞在墓前
掷洒着花朵?全世的繁华

不为我而生,当忧苦,失败,
随我每一个地方,张开口,
我的吞没是它的满足,掺和着
使我痛裂的冷笑。然而幸免,
诅咒又将在我头上,我不能
取悦又不能逃脱。因为我是
过去,现在,将来,死不悔悟的
天神的仇敌。

　　　　那些在乐园里
豢养的猫狗,鹦鹉,八哥,
为什么我不是?娱乐自己,
他们就得到了权力的恩宠,
当刀山,沸油,绝望,压出来
我终日终年的叹息,还有什么
我能期望的?天庭的和谐
关我在外面,让幽暗
向我讽笑,每一次愤怒
给我雕出更可憎的容颜。
而我的眼泪,O 不!为什么
我要哭泣,那只会得到
他的厌恶。

　　　　我比他更坏吗?
全宇宙的生命,你们回答我,
当我领有了天国。

　　　　O,战争!

林　妖：

他来了,一个永远的不,
走进白热的占有的网,
O 他来了点起满天的火焰,
和刚刚平息的血肉的纷争。

O 永明的太阳！你的温暖
枉然的在我们的心里旋转,
自然的爱情朝一处茁生,
而人世却把它不断的割分。

像草上的露珠,O 和平！
教给我们无边的扩展,
当晨光,树林,天空,飞鸟,
欢欣的,在一颗泪里团圆。

那给我们带来光亮的眼睛
还要向着地面的灰尘固定,
一颗种子也不能够伸叶,开花,
为现实抱紧,它做着空虚的梦。

O 回来吧,希望！你的辽阔
已给我们罩下更浓的幽暗,
诚实的爱情也不要走远,

它是危险的,给人以伤痛。

在那短暂的,稀薄的空间,
我们的家成了我们的死亡。
O,谁能够看见生命的尊严?
和我们去,和我们去,把一切遗忘!

东　风：

我的孩子,虽然这一切
由我创造,我对我爱的
最为残忍。我知道,我给了你
过早的诞生,而你的死亡,
也没有血痕,因为你是
留存在每一个人的微笑中,
你是终止的,最后的完整。

当宇宙开始,岩石的热
拒绝雨水的侵蚀,所以长久
地球上凝皱着阴霾的面孔,
暴击,坚硬,于是有海,
海里翻动着交搏的生命,
弱者不见了,那些暗杀者
伸出水外,依旧侵蚀着
地层。历史还正年青,
在泥土里,你可以看见

树根和树根的缠绕——
虽然它的枝叶,在轻闲的
摇摆,是胜利的骄傲。到处
微菌和微菌,力和力,
存在和虚无,无情的战斗。

没有地方你能够逃脱,
正如我把种子到处去播散,
让烈火烧遍,均衡着力量,
于是岩石上将会得到
温煦的老年。然而现在
既然在笑脸里,你看见
阴谋,在欢乐里,冷酷,
在至高的理想隐藏着
彼此的杀伤。你所渴望的,
远不能来临。你只有死亡,
我的孩子,你只有死亡。

林妖合唱:

谁知道我们什么做成?
啄木鸟的回答:叮当!
我们知道自己的愚蠢,
一如树叶永远的红。

谁知道生命多么长久?

一半是醒着，一半是梦。
我们活着是死，死着是生，
呵，没有谁过得更为聪明。

小河的流水向我们说，
谁能够数出天上的星？
但是在黑夜，你只有摇头，
当太阳照耀着，我们能。

这里是红花，那里是绿草，
谁知道它们怎样生存？
呵没有，没有，没有一个，
我们知道自己的愚蠢。

       1941 年 6 月作
       1947 年 3 月重订

(收入《穆旦诗集(1939—1945)》,1947 年 5 月于沈阳自费出版)

小 镇 一 日

在荒山里有一条公路,
公路扬起身,看见宇宙,
像忽然感到了无限的苍老;
在谷外的小平原上,有树,
有树荫下的茶摊,
有茶摊旁聚集的小孩,
这里它歇下来了,在长长的
绝望的叹息以后,
重又着绿,舒缓,生长。

可怜的渺小。凡是路过这里的
也暂时得到了世界的遗忘:
那幽暗屋檐下穿织的蝙蝠,
那染在水洼里的夕阳,
和那个杂货铺的老板,
一脸的智慧,慈祥,
他向我说"你先生好呵,"
我祝他好,他就要路过
从年轻的荒唐
到那小庙旁的山上,

和韦护,韩湘子,黄三姑,
同来拔去变成老树的妖精,
或者在夏夜,满天星,
故意隐约着,恫吓着行人。

现在他笑着,他说,
(指着一个流鼻涕的孩子,
一个煮饭的瘦小的姑娘,
和吊在背上的憨笑的婴孩,)
"咳,他们耗去了我整个的心!"
一个渐渐地学会插秧了,
就要成为最勤快的帮手,
就要代替,主宰,我想,
像是无记录的帝室的更换。
一个,谁能够比她更为完美?
缝补,挑水,看见媒婆,
也会低头跑到邻家,
想一想,疑心每一个年青人,
虽然命运是把她嫁给了
呵,城市人的蔑视?或者是
一如她未来的憨笑的婴孩,
永远被围在百年前的
梦里,不能够出来!

一个旅人从远方而来,
又走向远方而去了,

这儿,他只是站站脚,
看一看蔚蓝的天空
和天空中升起的炊烟,
他知道,这不过是时间的浪费,
仿佛是在办公室,他抬头
看一看壁上油画的远景,
值不得说起,也没有名字,
在他日渐繁复的地图上,
沉思着,互扭着,然而黄昏
来了,吸净了点和线,
当在城市和城市之间,
落下了广大的,甜静的黑暗。
没有观念,也没有轮廓,
在虫声里,田野,树林,
和石铺的村路有一个声音,
如果你走过,你知道,
朦胧的,郊野在诱唤
老婆婆的故事,——
很久了。异乡的客人
怎能够听见?那是讲给
迟归的胆怯的农人,
那是美丽的,信仰的化身。
他惊奇,心跳,或者奔回
从一个妖仙的王国
穿进了古堡似的村门,
在那里防护的,是微菌,

疾病,和生活的艰苦。
皱眉吗?他们更不幸吗,
比那些史前的穴居的人?
也许,因为正有歇晚的壮汉
是围在诅咒的话声中,
也许,一切的挣扎都休止了,
只有鸡,狗,和拱嘴的小猪,
从它们白日获得的印象,
迸出了一些零碎的
鼾声和梦想。

所有的市集的嘈杂,
流汗,笑脸,叫骂,骚动,
当公路渐渐地向远山爬行,
别了,我们快乐地逃开
这旋转在贫穷和无知中的人生。
我们叹息着,看着
在朝阳下,五光十色的,
一抹白雾下笼罩的屋顶,
抗拒着荒凉,丛聚着,
就仿佛大海留下的贝壳,
是来自一个刚强的血统。
从一个小镇旅行到大城,先生,
变换着年代,你走进了
文明的顶尖——
在同一的天空下也许

回忆起终年的斑鸠,
鸣啭在祖国的深心,
当你登楼,憩息,或者躺下
在一只巨大的黑手上,
这影子,是正朝向着那里爬行。

1941 年 7 月

(收入《探险队》,昆明文聚社 1945 年 1 月出版)

哀　悼

是这样广大的病院，
O 太阳一天的旅程！
我们为了防止着疲倦，
这里跪拜，那里去寻找，
我们的心哭泣着，枉然。

O，那里是我们的医生？
躲远！他有他自己的病症，
一如我们每日的传染，
人世的幸福在于欺瞒
达到了一个和谐的顶尖。

O 爱情，O 希望，O 勇敢，
你使我们拾起又唾弃，
唾弃了，我们自己受了伤！
我们躺下来没有救治，
我们走去，O 无边的荒凉！

1941 年 7 月

（收入《探险队》，昆明文聚社 1945 年 1 月出版）

摇 篮 歌[*]

——赠阿咪

流呵,流呵,
馨香的体温,
安静,安静,
流进宝宝小小的生命,
你的开始在我的心里,
　当我和你的父亲
　　洋溢着爱情。

合起你的嘴来呵,
别学成人造作的声音,
让我的被时流冲去的面容
远远亲近着你的,乖乖!
　去了,去了
　我们多么羡慕你
　　柔和的声带。

---

[*] 此诗是为在清华大学和西南联大外文系同班同学王佐良夫妇的第一个孩子诞生而作。"阿咪"即王佐良的夫人徐序。

摇呵,摇呵,
　　　初生的火焰,
虽然我黑长的头发把你覆盖,
虽然我把你放进小小的身体,
你也就要来了,来到成人的世界里,
　　　摇呵,摇呵,
　　我的忧郁,我的欢喜。

　　来呵,来呵,
　　无事的梦,
　　　轻轻,轻轻,
落上宝宝微笑的眼睛,
等长大了你就要带着罪名,
　　从四面八方的嘴里
　　笼罩来的批评。

但愿你有无数的黄金
使你享到美德的永存,
　　一半掩遮,一半认真,
　　　睡呵,睡呵,
　　在你的隔离的世界里,
别让任何敏锐的感觉
使你迷惑,使你苦痛。

睡呵,睡呵,我心的化身,
恶意的命运已和你同行,

它就要和我一起抚养
你的一生,你的纯净。
　　去吧,去吧,
　　为了幸福,
　　宝宝,先不要苏醒。

1941 年 10 月

(原载 1942 年 6 月 20 日《文学报》)

控 诉

1

冬天的寒冷聚集在这里,朋友,
对于孩子一个忧伤的季节,
因为他还笑着春天的笑容——
当叛逆者穿过落叶之中

瑟缩,变小,骄傲于自己的血;
为什么世界剥落在遗忘里,
去了去了,是彼此的召呼,
和那充满了浓郁信仰的空气。

而有些走在无家的土地上
跋涉着经验,失迷的灵魂
再不能安于一个角度
的温暖,怀乡的痛楚枉然;

有些关起了心里的门窗,
逆着风,走上失败的路程,

虽然他们忠实在任何情况，
春天的花朵，落在时间的后面。

因为我们的背景是千万人民，
悲惨，热烈，或者愚昧的，
他们和恐惧并肩而战争，
自私的，是被保卫的那些个城：

我们看见无数的耗子，人——
避开了，计谋着，走出来，
支配了勇敢的，或者捐助
财产获得了荣名，社会的梁木。

我们看见，这样现实的态度
强过你任何的理想，只有它
不毁于战争。服从，喝彩，受苦，
是哭泣的良心唯一的责任——

无声。在这样的背景前，
冷风吹进了今天和明天，
冷风吹散了我们长住的
永久的家乡和暂时的旅店。

2

我们做什么？我们做什么？

生命永远诱惑着我们
在苦难里,渴寻安乐的陷阱,
唉,为了它只一次,不再来临;

也是立意的复仇,终于合法地
自己的安乐践踏在别人心上
的蔑视,欺凌,和敌意里,
虽然陷下,彼此的损伤。

或者半死?每天侵来的欲望
隔离它,勉强在腐烂里寄生,
假定你的心里是有一座石像,
刻画它,刻画它,用省下的力量,

而每天的报纸将使它吃惊,
以恫吓来劝说他顺流而行,
也许它就要感到不支了
倾倒,当世的讽笑;

但不能断定它就是未来的神,
这痛苦了我们整日,整夜,
零星的知识已使我们不再信任
血里的爱情,而它的残缺

我们为了补救,自动地流放,
什么也不做,因为什么也不信仰,

阴霾的日子,在知识的期待中,
我们想着那样有力的童年。

这是死。历史的矛盾压着我们,
平衡,毒戕我们每一个冲动。
那些盲目的会发泄他们所想的,
而智慧使我们懦弱无能。

我们做什么？我们做什么？
呵,谁该负责这样的罪行：
一个平凡的人,里面蕴藏着
无数的暗杀,无数的诞生。

1941 年 11 月

（原载桂林《自由中国》第二卷第一、二期合刊）

赞　　美

走不尽的山峦的起伏,河流和草原,
数不尽的密密的村庄,鸡鸣和狗吠,
接连在原是荒凉的亚洲的土地上,
在野草的茫茫中呼啸着干燥的风,
在低压的暗云下唱着单调的东流的水,
在忧郁的森林里有无数埋藏的年代
它们静静地和我拥抱:
说不尽的故事是说不尽的灾难,沉默的
是爱情,是在天空飞翔的鹰群,
是干枯的眼睛期待着泉涌的热泪,
当不移的灰色的行列在遥远的天际爬行;
我有太多的话语,太悠久的感情,
我要以荒凉的沙漠,坎坷的小路,骡子车,
我要以槽子船,漫山的野花,阴雨的天气,
我要以一切拥抱你,你,
我到处看见的人民呵,
在耻辱里生活的人民,佝偻的人民,
我要以带血的手和你们一一拥抱,
因为一个民族已经起来。

一个农夫,他粗糙的身躯移动在田野中,
他是一个女人的孩子,许多孩子的父亲,
多少朝代在他的身边升起又降落了
而把希望和失望压在他身上,
而他永远无言地跟在犁后旋转,
翻起同样的泥土溶解过他祖先的,
是同样的受难的形象凝固在路旁。
在大路上多少次愉快的歌声流过去了,
多少次跟来的是临到他的忧患;
在大路上人们演说,叫嚣,欢快,
然而他没有,他只放下了古代的锄头,
再一次相信名词,溶进了大众的爱,
坚定地,他看着自己溶进死亡里,
而这样的路是无限的悠长的
而他是不能够流泪的,
他没有流泪,因为一个民族已经起来。

在群山的包围里,在蔚蓝的天空下,
在春天和秋天经过他家园的时候,
在幽深的谷里隐着最含蓄的悲哀:
一个老妇期待着孩子,许多孩子期待着
饥饿,而又在饥饿里忍耐,
在路旁仍是那聚集着黑暗的茅屋,
一样的是不可知的恐惧,一样的是
大自然中那侵蚀着生活的泥土,
而他走去了从不回头诅咒。

为了他我要拥抱每一个人，
为了他我失去了拥抱的安慰，
因为他，我们是不能给以幸福的，
痛哭吧，让我们在他的身上痛哭吧，
因为一个民族已经起来。

一样的是这悠久的年代的风，
一样的是从这倾圮的屋檐下散开的
无尽的呻吟和寒冷，
它歌唱在一片枯槁的树顶上，
它吹过了荒芜的沼泽，芦苇和虫鸣，
一样的是这飞过的乌鸦的声音
当我走过，站在路上踟蹰，
我踟蹰着为了多年耻辱的历史
仍在这广大的山河中等待，
等待着，我们无言的痛苦是太多了，
然而一个民族已经起来，
然而一个民族已经起来。

1941 年 12 月

（原载 1942 年 2 月 16 日昆明《文聚》第一卷第一期）

黄　昏

逆着太阳,我们一切影子就要告别了。
一天的侵蚀也停止了,像惊骇的鸟
欢笑从门口逃出来,从化学原料,
从电报条的紧张和它拼凑的意义,
从我们辩证的唯物的世界里,
欢笑悄悄地踱出在城市的路上
浮在时流上吸饮。O现实的主人,
来到神奇里歇一会吧,枉然的水手,
可以凝止了。我们的周身已是现实的倾覆,
突立的树和高山,淡蓝的空气和炊烟,
是上帝的建筑在刹那中显现,
这里,生命另有它的意义等你揉圆。
你没有抬头吗看那燃烧着的窗?
那满天的火舌就随一切归于黯淡,
O让欢笑跃出在灰尘外翱翔,
当太阳,月亮,星星,伏在燃烧的窗外,
在无边的夜空等我们一块儿旋转。

1941 年 12 月

(原载 1942 年 7 月 13 日《贵州日报·革命军诗刊》)

洗 衣 妇

一天又一天,你坐在这里,
重复着,你的工作终于
枉然,因为人们自己
是脏污的,分泌的奴隶!
飘在日光下的鲜明的衣裳,
你的慰藉和男孩女孩的
好的印象,多么快就要
暗中回到你的手里求援。
于是世界永远的光烫,
而你的报酬是无尽的日子
在痛苦的洗刷里
在永久不反悔里永远地循环。
你比你的主顾要洁净一点。

1941 年 12 月

(收入《穆旦诗集(1939—1945)》,1947 年于沈阳自费出版)

报　　贩

这样的职务是应该颂扬的：
我们小小的乞丐，宣传家，信差，
一清早就学习翻斛斗，争吵，期待——
只为了把"昨天"写来的公文
放到"今天"的生命里，燃烧，变灰。

而整个城市在早晨八点钟
摇摆着如同风雨摇过松林，
当我们吃着早点我们的心就
承受全世界踏来的脚步——沉落
在太阳刚刚上升的雾色之中。

这以后我们就忙着去沉睡，
一处又一处，我们的梦被集拢着
直到你们喊出来使我们吃惊。

1941 年 12 月

（原载 1947 年 3 月 2 日沈阳《新报·星期文艺》第二期）

春 底 降 临

现在野花从心底荒原里生长,
坟墓里再不是牢固的梦乡,
因为沉默和恐惧底季节已经过去,
所有凝固的岁月已经飘扬,
虽然这里,它留下了无边的空壳,
无边的天空和无尽的旋转;
过去底回忆已是悲哀底遗忘,
而金盅里装满了燕子底呢喃;

而和平底幻象重又在人间聚拢,
经过醉饮的爱人在树林的边缘,
他们只相会于较高的自己,
在该幻灭的地方痛楚地分离,
但是初生的爱情更浓于理想,
再一次相会他们怎能不奇异:
人性里的野兽已不能把我们吞食,
只要一跃,那里连续着梦神底足迹;

而命运溶解了在它古旧的旅程,
纷流进两岸试着疲弱的老根,
这样的圆珠!滋润,嬉笑,随它上升,

于是世界充满了千万个机缘,
桃树,李树,在消失的命运里吸饮,
是芬芳的花园围着到处的旅人。
因为我们是在新的星象下行走,
那些死难者,要在我们底身上复生;

而幸福存在着再不是罪恶,
小时候想象的,现在无愧地拼合,
牵引着它而我们牵引着一片风景:
谁是播种的?他底笑声追过了哭泣,
一如这收获着点首的,迅速的春风,
一如月亮在荒凉的黑暗里招手,
那起伏的大海是我们底感情,
再没有灾难:感激把我们吸引;

从田野到田野,从屋顶到屋顶,
一个绿色的秩序,我们底母亲,
带来自然底合音,不颠倒的感觉,
冬底谎,甜蜜的睡,怯弱的温存,
在她底心里是一个懒散的世界:
因为日,夜,将要溶进堇色的光里
永不停歇;而她底男女的仙子倦于
享受,和平底美德和适宜的欢欣。

1942 年 1 月

(原载 1942 年 4 月 20 日《文聚》第一卷第二期)

春

绿色的火焰在草上摇曳,
他渴求着拥抱你,花朵。
反抗着土地,花朵伸出来,
当暖风吹来烦恼,或者欢乐。
如果你是醒了,推开窗子,
看这满园的欲望多么美丽。

蓝天下,为永远的谜迷惑着的
是我们二十岁的紧闭的肉体,
一如那泥土做成的鸟的歌,
你们被点燃,却无处归依。
呵,光,影,声,色,都已经赤裸,
痛苦着,等待伸入新的组合。

1942年2月

(原载1942年5月26日《贵州日报·革命军诗刊》)

诗 八 首

1

你底眼睛看见这一场火灾,
你看不见我,虽然我为你点燃;
唉,那燃烧着的不过是成熟的年代,
你底,我底。我们相隔如重山!

从这自然底蜕变底程序里,
我却爱了一个暂时的你。
即使我哭泣,变灰,变灰又新生,
姑娘,那只是上帝玩弄他自己。

2

水流山石间沉淀下你我,
而我们成长,在死底子宫里。
在无数的可能里一个变形的生命
永远不能完成他自己。

我和你谈话,相信你,爱你,
这时候就听见我底主暗笑,
不断地他添来另外的你我
使我们丰富而且危险。

3

你底年龄里的小小野兽,
它和春草一样地呼吸,
它带来你底颜色,芳香,丰满,
它要你疯狂在温暖的黑暗里。

我越过你大理石的理智殿堂,
而为它埋藏的生命珍惜;
你我底手底接触是一片草场,
那里有它底固执,我底惊喜。

4

静静地,我们拥抱在
用言语所能照明的世界里,
而那未成形的黑暗是可怕的,
那可能和不可能的使我们沉迷,

那窒息着我们的
是甜蜜的未生即死的言语,

它底幽灵笼罩,使我们游离,
游进混乱的爱底自由和美丽。

5

夕阳西下,一阵微风吹拂着田野,
是多么久的原因在这里积累。
那移动了景物的移动我底心
从最古老的开端流向你,安睡。

那形成了树林和屹立的岩石的,
将使我此时的渴望永存,
一切在它底过程中流露的美
教我爱你的方法,教我变更。

6

相同和相同溶为怠倦,
在差别间又凝固着陌生;
是一条多么危险的窄路里,
我制造自己在那上面旅行。

他存在,听从我底指使,
他保护,而把我留在孤独里,
他底痛苦是不断的寻求
你底秩序,求得了又必须背离。

7

风暴,远路,寂寞的夜晚,
丢失,记忆,永续的时间,
所有科学不能祛除的恐惧
让我在你底怀里得到安憩——

呵,在你底不能自主的心上,
你底随有随无的美丽的形象,
那里,我看见你孤独的爱情
笔立着,和我底平行着生长!

8

再没有更近的接近,
所有的偶然在我们间定型;
只有阳光透过缤纷的枝叶
分在两片情愿的心上,相同。

等季候一到就要各自飘落,
而赐生我们的巨树永青,
它对我们的不仁的嘲弄
(和哭泣)在合一的老根里化为平静。

1942年2月

(原载1942年4月《文聚》第一卷第三期)

出　　发

告诉我们和平又必需杀戮,
而那可厌的我们先得去欢喜。
知道了"人"不够,我们再学习
蹂躏它的方法,排成机械的阵式,
智力体力蠕动着像一群野兽,

告诉我们这是新的美。因为
我们吻过的已经失去了自由;
好的日子去了,可是接近未来,
给我们失望和希望,给我们死,
因为那死的制造必需摧毁。

给我们善感的心灵又要它歌唱
僵硬的声音。个人的哀喜
被大量制造又该被蔑视
被否定,被僵化,是人生底意义;
在你的计划里有毒害的一环,

就把我们囚进现在,呵上帝!
在犬牙的甬道中让我们反复

行进,让我们相信你句句的紊乱
是一个真理。而我们是皈依的,
你给我们丰富,和丰富的痛苦。

1942 年 2 月

(原载 1942 年 5 月 4 日重庆《大公报·战线》,原题为《诗》)

伤 害

这样的感情澎湃又澎湃:
酸涩,是的。因为你们底自尊心
践踏了我底;你们底目光
含蓄,把我底世界包围;
你们底偏见随着冷淡底武器要在
我无防而反复的心上开垦,
你们,你们,你们,
即使你们全是地面,我是海水。

你们是施与者
注来沉郁和外界底影——不,
独立从愉快中伸出来,愉快
把我漂浮。我是拒绝反映的
液体,是抱紧你们的波涛,
我将要笑过嘴里的剑峰,
无形的网,热带和寒带:
没有你们底存在能够拦阻,
我将向自己底偏见奔跑。

以我底热血和恐怖

那里,把它塑成一个神,
一个神永远底潜伏在海底,
一个神发光,统治,复仇。

我将要歌唱
生底威胁,生底严密;
说我是狭窄的,谁肯
永远忍耐着,等死后的判断和遗忘?
我不愿意存在像不动的真理,
平衡,解说,甚至怜悯
一切胜利和失败底错综,
这一切是吸力,我是海水。
我不愿意你们善良,像贼,
送来歉意,和我妥协,
因为现在是这样真实而孤单的
我拒绝的痛苦:我底记忆!

(原载1942年2月27日《贵州日报·革命军诗刊》)

阻 滞 的 路

我要回去,回到我已失迷的故乡,
趁这次绝望给我引路,在泥淖里,
摸索那为时间遗落的一块精美的宝藏,

虽然它的轮廓生长,溶化,消失了,
在我的额际,它拍击污水的波纹,
你们知道正在绞痛着我的回忆和梦想,

我要回去,因为我还可以
孩子,在你们的脸上舐到甜蜜,
即使你们歧视我来自一个陌生的远方,

一个谜,一个恶兆,一个坏名誉,
趁我还没有为诽谤完全吞没;
而我追寻的一切都已经避远,

孩子,我要沿着你们望出的方向退回,
虽然我已曾鉴定不少异地的古玩:
为我憎恶的,狡猾,狠毒,虚伪,什么都有

这些是应付敌人的必需的勇敢,
保护你们的希望,实现你们的理想;
然而我只想回到那已失迷的故乡,

因为我曾是和你们一样的,孩子,
我要向世界笑,再一次闪着幸福的光,
我是永远地,被时间冲向寒凛的地方。

(原载1942年8月23日重庆《大公报·战线》)

自 然 底 梦

我曾经迷误在自然底梦中：
我底身体由白云和花草做成，
我是吹过林木的叹息,早晨底颜色，
当太阳染给我刹那的年青，

那不常在的是我们拥抱的情怀，
它让我甜甜的睡：一个少女底热情，
使我这样骄傲又这样的柔顺。
我们谈话,自然底朦胧的呓语，

美丽的呓语把它自己说醒，
而将我暴露在密密的人群中，
我知道它醒了正无端地哭泣，
鸟底歌,水底歌,正绵绵地回忆，

因为我曾年轻的一无所有，
施与者领向人世的智慧皈依，
而过多的忧思现在才刻露了

我是有过蓝色的血,星球底世系。

1942 年 11 月

(收入《穆旦诗集(1939—1945)》,1947 年 5 月于沈阳自费出版)

幻想底乘客

从幻想底航线卸下的乘客,
永远走上了错误的一站,
而他,这个铁掌下的牺牲者,
当他意外地投进别人的愿望,

多么迅速他底光辉的概念
已化成琐碎的日子不忠而纡缓,
是巨轮的一环他渐渐旋进了
一个奴隶制度附带一个理想,

这里的恩惠是彼此恐惧,
而温暖他的是自动的流亡,
那使他自由的只有忍耐的微笑,
秘密地回转,秘密的绝望。

亲爱的读者,你就会赞叹:
爬行在懦弱的,人和人的关系间,
化无数的恶意为自己营养,

他已开始学习做主人底尊严。

1942 年 12 月

(收入《穆旦诗集(1939—1945)》,1947 年 5 月于沈阳自费出版)

祈 神 二 章

1

如果我们能够看见他
如果我们能够看见
不是这里或那里的苦生
也不是时间能够占领或者放弃的,

如果我们能够给出我们的爱情
不是射在物质和物质间把它自己消损,
如果我们能够洗涤
我们小小的恐惧我们的惶惑和暗影
放在大的光明中,

如果我们能够挣脱
欲望的暗室和习惯的硬壳
迎接他——
如果我们能够尝到
不是一层甜皮下的经验的苦心,

他是静止的生出动乱,
他是众力的一端生出他的违反。
O 他给安排的歧路和错杂!
为了我们倦了以后渴求
原来的地方。
他是这样的喜爱我们
他让我们分离
他给我们一点权力等它自己变灰。

O 他正等我们以损耗的全热
投回他慈爱的胸怀。

2

如果我们能够看见他
如果我们能够看见
我们的童年所不意拥有的
而后远离了,却又是成年一切的辛劳
同所寻求失败的,

如果人世各样的尊贵和华丽
不过是我们片面的窥见所赋予
如果我们能够看见他
在欢笑后面的哭泣,哭泣后面的
最后一层欢笑里,

在虚假的真实底下
那真实的灵活的源泉,
如果我们不是自禁于
我们费力与半真理的密约里
期望那达不到的圆满的结合,

在我们的前面有一条道路
在这路的前面有一个目标
这条道路引导我们又隔离我们
走向那个目标,
在我们黑暗的孤独里有一线微光
这一线微光使我们留恋黑暗
这一线微光给我们幻象的骚扰
在黎明确定我们的虚无以前

如果我们能够看见他
如果我们能够看见……

1943 年 3 月

(原载 1945 年 1 月 1 日《文聚》[复刊]
第二卷第二期,原题为《合唱二章》)

隐　　现

让我们看见吧,我的救主。

1　宣　道

现在,一天又一天,一夜又一夜,
我们来自一段完全失迷的路途上,
闪过一下星光或日光,就再也触摸不到了,
说不出名字,我们说我们是来自一段时间,
一串错综而零乱的,枯干的幻象,
使我们哭,使我们笑,使我们忧心
用同样错综而零乱的,血液里的纷争,
这一时的追求或那一时的满足,
但一切的诱惑不过诱惑我们远离;
远远的,在那一切僵死的名称的下面,
在我们从不能安排的方向,你
给我们有一时候山峰,有一时候草原,
　　有一时候相聚,有一时候离散,
　　有一时候欺人,有一时候被欺,
　　有一时候密雨,有一时候燥风,
　　有一时候拥抱,有一时候厌倦,

　　　　有一时候开始,有一时候完成,
　　　　有一时候相信,有一时候绝望。

主呵,我们摆动于时间的两极,
但我们说,我们是向着前面进行,
因为我们认为真的,现在已经变假,
我们曾经哭泣过的,现在已被遗忘。
一切在天空,地面,和水里的生命我们都看见过了,
我们看见在所有的变中只有这个不变,
无论你成功或失败只有这个不变,
新奇的已经发生过了正在发生着或者将要发生,然
　　而只有这个不变:
无尽的河水流向大海,但是大海永远没有溢满,海
　　水又交还河流,
一世代的人们过去了,另一个世代来临,是在他们
　　被毁的地方一个新的回转,
在日光下我们筑屋,筑路,筑桥:我们所有的劳役不
　　过是祖业的重复。
或者我们使用大理石塑像,崇拜我们的英雄与美
　　人,看他终竟归于模糊,

我们痛惜美丽的失去了,但失去的并不是它的火
　　焰,
我们一切的发明不过为了——但我们从没有增加
　　安适也没有减少心伤。
我们和错误同在,可是我们厌倦了,我们追念自然,

以色列之王所罗门曾经这样说：
一切皆虚有，一切令人厌倦。
那曾经有过的将会再有，那曾经失去的将再被失去，
我们的心不断地扩张，我们的心不断地退缩，
我们将终止于我们的起始。

所以我们说
我们能给出什么呢？我们能得到什么呢？
一切的原因迎接我们，又从我们流走，
所有古老的传统，所有的声音，所有的喜怒笑骂，所有的树木花草都在等待我们的降生，
有一个生命付与了这所有的让他们等待：
智者让智慧流过去，青年让热情流过去，先知者让忧患流过去，农人让田野的五谷流过去，少女让美的形象流过去，统治者让阴谋和残酷流过去，叛徒让新生的痛苦流过去，大多数人让无知的罪恶流过去，
我们是我们的付与，在我们的付与中折磨，
一切完成它自己；一切奴役我们，流过我们使我们完成。
所以我们说
我们能给出什么呢？我们能得到什么呢？
在一条永远漠然的河流中，生从我们流过去，死从我们流过去，血汗和眼泪从我们流过去，真理和谎言从我们流过去，
有一个生命这样地诱惑我们，又把我们这样地遗弃，

如果我们摇起一只手来:它是静止的,
如果因此我们变动了光和影,如果因此花朵儿开
　　放,或者我们震动了另外一个星球,
主呵,这只是你的意图朝着它自己的方向完成。

2　历　程

在自然里固定着人的命运
当人从自然的赤裸里诞生
他的努力是不断地获得
隔离了多的去获得那少的
当人从自然的赤裸里诞生
我要指出他的囚禁,他的回忆
成了他的快乐

情人自白:

全是不能站稳的
亲爱的,是我脚下的路程;
接受一切温暖的吸引在岩石上,
而岩石突然不见了。孩童的完整
在父母的约束里使我们前行:
获取新鲜的知识,初见的
欢快,世界向我们不断地扩充,
可是当我爬过了这一切而来临,
亲爱的,坐在崩溃上让我静静的哭泣。

一切都在战争,亲爱的,
那以真战胜的假,以假战胜的真,
一的多和少,使我们超过而又不足,
没有喜的内心不败于悲,也没有悲
能使我们凝固,接受那样甜蜜的吻
不过是谋害使我们立即归于消隐。
那每一仡足的胜利的光辉
虽然胜利,当我终于从战争归来,
当我把心的疲倦呈献你,亲爱的,
为什么一切发光的领我来到绝顶的黑暗,
坐在崩溃的峰顶让我静静的哭泣。

合唱：

如果我们能够看见他
如果我们能够看见
我们的童年所不意拥有的
而后远离了,却又是成年一切的辛劳
同所寻求失败的,

如果人世各样的尊贵和华丽
不过是我们片面的窥见所赋予,
如果我们能够看见他
在欢笑后面的哭泣哭泣后面的
最后一层欢笑里,

在虚假的真实底下
那真实的灵活的源泉，
如果我们不是自禁于
我们费力与半真理的密约里
期望那达不到的圆满的结合，
在我们的前面有一条道路
在道路的前面有一个目标
这条道路引导我们又隔离我们
走向那个目标，

在我们黑暗的孤独里有一线微光
这一线微光使我们留恋黑暗
这一线微光给我们幻象的骚扰
在黎明确定我们的虚无以前

如果我们能够看见他
如果我们能够看见……

爱情的发见：

生活是困难的，哪里是你的一扇门？
这世界充满了生命，却不能动转
挤在人和人的死寂之中，
看见金钱的闪亮，或者强权的自由，
伸出脏污的手来把障碍摒除，

(在有行为的地方,就有光的引导。)
阴谋,欺诈,鞭子,都成了他的扶助。
他在黄金里看见什么呢？他从暴虐里获得什
么呢？
宽恕他,为了追寻他所认为最美的,
他已变得这样丑恶,和冷酷。
生活是困难的,哪里是你的一扇门？
那为人讥笑的偏见,狭窄的灵魂
使世界成为僵硬,窒息,令人诅咒的,
无限的小,固执地和我们的理想战斗,
(在有行为的地方,就有光的引导。)
挡住了我们,使历史停在这里受苦。
他为什么不能理解呢？他为什么甘冒我们的
怨怒呢？
宽恕他,因为他觉得他是拥抱了
真和善,虽然已是这样腐烂。

生活是困难的,哪里是你的一扇门？
我们追求繁茂,反而因此分离。
我曾经爱过,我的眼睛却未曾明朗,
一句无所归宿的话,使我不断地悲伤：
她曾经说,我永远爱你,永不分离。
(在有行为的地方,就有光的引导。)
虽然她的爱情限制在永变的事物里,
虽然她竟说了一句慌,重复过多少世纪,
为什么责备呢？为什么不宽恕她的失败呢？

宽恕她,因为那与永恒的结合
她也是这样渴求却不能求得!

合唱:

如果我们能够看见他
如果我们能够看见
不是这里或那里的茁生
也不是时间能够占有或者放弃的,

如果我们能够给出我们的爱情
不是射在物质和物质间把它自己消损,
如果我们能够洗涤
我们小小的恐惧我们的惶惑和暗影
放在大的光明中,

如果我们能够挣脱
欲望的暗室和习惯的硬壳
迎接他,
如果我们能够尝到
不是一层甜皮下的经验的苦心,
他是静止的生出动乱,
他是众力的一端生出他的违反。
O 他给安排的歧路和错杂!
为了我们倦了以后渴求
原来的地方。

他是这样地喜爱我们

他让我们分离

他给我们一点权力等它自己变灰,

O 他正等我们以损耗的全热

投回他慈爱的胸怀。

3　祈　神

在我们的来处和去处之间,

在我们获得和丢失之间,

主呵,那日光的永恒的照耀季候的遥远的轮转和山

　河的无尽的丰富

枉然:我们站在这个荒凉的世界上,

我们是廿世纪的众生骚动在它的黑暗里,

我们有机器和制度却没有文明

我们有复杂的感情却无处归依

我们有很多的声音而没有真理

我们来自一个良心却各自藏起,

我们已经看见过了

那使我们沉迷的只能使我们厌倦,

那使我们厌倦的挑拨我们一生,

那使我们疯狂的

是我们生活里堆积的,无可发泄的感情

为我们所窥见的半真理利用,

主呵,让我们和穆罕默德一样,在他沙漠的岁月里

让我们在说这些假话做这些假事时
想到你,

在无法形容你的时候,让我们忍耐而且快乐,
让你的说不出的名字贴近我们焦灼的嘴唇,无所归
　宿的手和不稳的脚步,
因为我们已经忘记了
我们各自失败了才更接近你的博大和完整,
我们绕过无数圈子才能在每个方向里与你结合,

让我们和耶稣一样,给我们你给他的欢乐,
因为我们已经忘记了
在非我之中扩大我自己,
让我们体验我们朝你的飞扬,在不断连续的事物里,
让我们违反自己,拥抱一片广大的面积,

主呵,我们这样的欢乐失散到哪里去了

因为我们生活着却没有中心
我们有很多中心
我们的很多中心不断地冲突,
或者我们放弃
生活变为争取生活,我们一生永远在准备而没有生活,
三千年的丰富枯死在种子里而我们是在继续……

主呵,我们衷心的痛惜失散到哪里去了

每日每夜,我们计算增加一点钱财,
每日每夜,我们度量这人或那人对我们的态度,
每日每夜,我们创造社会给我们划定的一些前途,

主呵,我们生来的自由失散到哪里去了

等我们哭泣时已经没有眼泪
等我们欢笑时已经没有声音
等我们热爱时已经一无所有
一切已经晚了然而还没有太晚,当我们知道我们还
　　不知道的时候,

主呵,因为我们看见了,在我们聪明的愚昧里,
我们已经有太多的战争,朝向别人和自己,
太多的不满,太多的生中之死,死中之生,
我们有太多的利害,分裂阴谋,报复,
这一切把我们推到相反的极端,我们应该
忽然转身,看见你

这是时候了,这里是我们被曲解的生命
请你舒平,这里是我们枯竭的众心
请你糅合,
主呵,生命的源泉,让我们听见你流动的声音。

(原载 1945 年 1 月《华声》第一卷第五、六期)

诗

1

我们没有援助,每人在想着
他自己的危险,每人在渴求
荣誉,快乐,爱情的永固,
而失败永远在我们的身边埋伏,

它发掘真实,这生来的形象
我们畏惧从不敢显露;
站在不稳定的点上,各样机缘的
交错,是我们求来的可怜的

幸福,我们把握而没有勇气,
享受没有安宁,克服没有胜利,
我们永在扩大那既有的边沿,
才能隐藏一切,不为真实陷入。

这一片地区就是文明的社会
所开辟的。呵,这一片繁华

虽然给年轻的血液充满野心,
在它的栋梁间却吹着疲倦的冷风!

2

永在的光呵,尽管我们扩大,
看出去,想在经验里追寻,
终于生活在可怕的梦魇里,
一切不真实,甚至我们的哭泣

也只能重造哭泣,自动的
被推动于紊乱中,我们的肃清
也成了紊乱,除了内心的爱情
虽然它永远随着错误而诞生,

是唯一的世界把我们融和,
直到我们追悔,屈服,使它僵化,
它的光消殒。我常常看见
那永不甘心的刚强的英雄,

人子呵,弃绝了一个又一个谎,
你就弃绝了欢乐;还有什么
更能使你留恋的,除了走去
向着一片荒凉,和悲剧的命运!

1943 年 4 月

(原载 1944 年 1 月 16 日重庆《大公报·文艺》)

记忆底都城

记忆底都城,无迹可寻的南方,
我们是你底居民弃在你门旁,
那古老的欢乐仍不断地啃啮
渴求完整的心,它自己的遗产,

那爱情的咒语仍旧疲乏着我们
走着你底大街和小巷底图案,
每一盏灯下记着失去的吻,
痛苦底路标在一片未辟的荒原,

有些在辛劳后得到了虚无,
歇下了,是抵抗失败的一座城墙,
一个怀乡病者战死在异乡;
在火和血中有些看见你的形象,

于是欢呼,投进了敌意的怀抱,
多少忍耐的旗帜跟着在天空飘扬,
他的光荣竖起了只是你的遗迹,
　　记忆底都城,无迹可寻的南方!

(原载 1943 年 6 月《文聚丛刊》第一卷第五、六期合刊)

赠 别

1

多少人的青春在这里迷醉,
然后走上熙攘的路程,
朦胧的是你的怠倦,云光和水,
他们的自己丢失了随着就遗忘,

多少次了你的园门开启,
你的美繁复,你的心变冷,
尽管四季的歌喉唱得多好,
当无翼而来的夜露凝重——

等你老了,独自对着炉火,
就会知道有一个灵魂也静静地,
他曾经爱过你的变化无尽,
旅梦碎了,他爱你的愁绪纷纷。

2

每次相见你闪来的倒影
千万端机缘和你的火凝成,
已经为每一分每一秒的事体
在我的心里碾碎无形,

你的跳动的波纹,你的空灵
的笑,我徒然渴想拥有,
它们来了又逝去在神的智慧里,
留下的不过是我曲折的感情,

看你去了,在无望的追想中,
这就是为什么我常常沉默:
直到你再来,以新的火
摒挡我所嫉妒的时间的黑影。

1944 年 6 月

(原载 1947 年 3 月 12 日天津《大公报·星期文艺》)

成　熟

1

每一清早这安静的市街
不知道痛苦它就要来临,
每个孩子的啼哭,每个苦力
他的无可辩护的沉默的脚步,
和那投下阴影的高耸的楼基,
同向最初的阳光里混入脏污。

那比劳作高贵的女人的裙角,
还静静地拥有昨夜的世界,
从中心压下挤在边沿的人们
已准确地踏进八小时的房屋,
这些我都看见了是一个阴谋,
随着每日的阳光使我们成熟。

2

扭转又扭转,这一颗烙印

终于带着伤打上他全身,
有翅膀的飞翔,有阳光的
滋长,他追求而跌进黑暗,
四壁是传统,是有力的
白天,扶持一切它胜利的习惯。

新生的希望被压制,被扭转,
等粉碎了他才能安全;
年青的学得聪明,年老的
因此也继续他们的愚蠢,
谁顾惜未来?没有人心痛:
那改变明天的已为今天所改变。

1944 年 6 月

(原载 1947 年 3 月 16 日天津《大公报·星期文艺》)

寄——

海波吐着沫溅在岩石上,
海鸥寂寞的翱翔,它宽大的翅膀
从岩石升起,拍击着,没入碧空。
无论在多雾的晨昏,或在日午,
姑娘,我们已听不见这亘古的乐声。

任脚步走向东,走向西,走向南,
我们已走不到那辽阔的青绿的草原;
林间仍有等你入睡的地方,蜜蜂
仍在嗡营,茅屋在流水的湾处静止,
姑娘,草原上的浓郁仍这样的向我们呼唤。

因为每日每夜,当我守在窗前,
姑娘,我看见我是失去了过去的日子像烟,
微风不断地扑面,但我已和它渐远;
我多么渴望和它一起,流过树顶
飞向你,把灵魂里的霉锈抛扬!

1944 年 8 月

(原载 1947 年 3 月 12 日天津《大公报·星期文艺》)

To Margaret*

在我结着领带时想象你修容,
我听见窗外树叶里你的歌声,
太阳静静地落在我的卧室里
我走出去,这个自由的奴隶
姑娘,走向春天底快乐的市场,

年老人只知道走在石板的路上,
年轻人踩着的是危险和幻象,
因为那用青春制造的还没有成功,
我等候你的援助,你等候我,
当我走进门前,轻叩你的寂寞。

---

* Margaret,曾淑昭的英文名,1923年2月10日生于南京。1939年至1943年就读于抗战时搬迁到重庆的金陵女子大学英文系。1943年11月任职于中国航空公司重庆办事处,1944年6月至1945年3月转至中航印度加尔各答办事处;抗战胜利后1946年至1949年5月转至中航上海办事处。其后旅居台湾、美国。

活 下 去

活下去,在这片危险的土地上,
活在成群死亡的降临中,
当所有的幻象已变狰狞,所有的力量已经
如同暴露的大海
凶残摧毁凶残,
如同你和我都渐渐强壮了却又死去,
那永恒的人。

弥留在生的烦扰里,
在淫荡的颓败的包围中,
看!那里已奔来了即将解救我们一切的
饥寒的主人;
而他已经鞭击,
而那无声的黑影已在苏醒和等待
午夜里的牺牲。

希望,幻灭,希望,再活下去
在无尽的波涛的淹没中,
谁知道时间的沉重的呻吟就要坠落在
于诅咒里成形的

日光闪耀的岸沿上；
孩子们呀，请看黑夜中的我们正怎样孕育
难产的圣洁的感情。

1944 年 9 月

(原载 1945 年 5 月《文哨》第一卷第一期)

线　　上

人们说这是他所选择的，
自然的赐与太多太危险，
他捞起一枝笔或是电话机，

八小时躲开了阳光和泥土，
十年二十年在一件事的末梢上，
在人世的沓嚣里，要找到安全，

学会了被统治才可以统治，
前人的榜样，忍耐和爬行，
长期的茫然后他得到奖章，

那无神的眼！那陷落的两肩！
痛苦的头脑现在已经安分，
那就要燃尽的蜡烛的火焰！

在摆着无数方向的原野上，
这时候，他一身担当过的事情
碾过他，却只碾出了一条细线。

1945 年 2 月

（原载 1945 年 6 月《文聚》第二卷第三期）

被 围 者

1

这是什么地方？时间
每一秒白热而不能等待，
堕下来成了你不要的形状。
天空的流星和水，那灿烂的
焦躁，到这里就成了今天
一片砂砾。我们终于看见
过去的都已来就范，所有的暂时
相结起来是这平庸的永远。

呵，这是什么地方？不是少年
给我们预言的，也不是老年
在我们这样容忍又容忍以后
就能采撷的果园。在阴影下
你终于生根，在不情愿里，
终于成形。如果我们能冲出，
勇士呵，如果有形竟能无形，
别让我们拖进在这里相见！

2

看,青色的路从这里伸出
而又回归。那自由广大的面积,
风的横扫,海的跳跃,旋转着
我们的神智:一切的行程
都不过落在这敌意的地方。
在这渺小的一点上:最好的
露着空虚的眼,最快乐的
死去,死去但没有一座桥梁。

一个圆,多少年的人工,
我们的绝望将使它完整。
毁坏它,朋友!让我们自己
就是它的残缺,比平庸更坏:
闪电和雨,新的气温和泥土
才会来骚扰,也许更寒冷,
因为我们已是被围的一群,
我们消失,乃有一片"无人地带"。

1945 年 2 月

(原载 1945 年 5 月《诗文学》第二期)

退 伍

城市的夷平者,回到城市来,
没有个性的兵,重新恢复一个人,
战争太给你寂寞,可是回想
那钢铁的伴侣曾给你欢乐,

这里却不成:陌生还是陌生,
没有燃烧的字,可别为它舍命,
也没有很快的亲切,孩子般的无耻,
那里全打破这里的平庸,

也没有从危险逼出的幻想,
习惯于接受,人们自私的等待,
而且腐烂,没有方法生活,
城市的保卫者,回到母亲的胸怀:

过去是死,现在渴望再生,
过去是分离违反着感情,
但是我们的胜利者回来看见失败,
和平的赐予者,你也许不能

立刻回到和平,在和平里粉碎,
由不同的每天变为相同,
毫未准备,死难者生还的伙伴,
你未来的好日子隐藏着敌人。

我们在摸索:没有什么可以并比,
当你们巨大的意义忽然结束,
要恢复自然,在行动后的空虚里,
要换下制服,热血的梦想者

虽然有点苍老,也许反不如穿上
那样容易;过去有牺牲的欢快,
现在则是日常生活,现在要拾起
过去遗弃的,虽然是回到我们当中——

辛苦过的弟兄,你却有点隔膜,
想着年轻的日子在那些有名的地方,
因为是在一次人类的错误里,包括你自己,
从战争回来的,你得到难忘的光荣。

1945年4月

(原载1947年8月16日《益世报·文学周刊》)

春天和蜜蜂

春天是人间的保姆,
带领一切到秋天成熟,
劝服你用温暖的阳光,
用风和雨,使土地重覆,
林间的群鸟于是欢叫,
村外的小河也开始忙碌。

我们知道它向东流,
那扎根水稻已经青青,
红色的花朵开出墙外,
因此燃着了路人的心,
春天的邀请,万物都答应,
说不得的只有我的爱情。

那是一片嗡营的树荫,
我的好姑娘居住其中,
你过河找她并不容易,
因为她家有一窠蜜蜂,
你和她讲话,也许枉然,
因为她听着它们的嗡营。

好啦,你只有帮她喂养
那叮人的,有翅的小虫,
直到丁香和紫荆开花,
我的日子就这样断送:
我的话还一句没有出口,
蜜蜂的好梦却每天不同。

我的埋怨还没有说完,
秋风来了把一切变更,
春天的花朵你再也不见,
乳和蜜降临,一切都安静,
只有我的说不得的爱情,
还在园里不断的嗡营。

直到好姑娘她忽然叹息,
那缓慢的蜗牛才又爬行,
既然一切由上帝安排,
你只有高兴,你只有等,
冬天已在我们的头发上,
是那时我得到她的应允。

1945 年 4 月

(原载 1947 年 3 月 12 日天津《大公报·星期文艺》)

忆

多少年的往事,当我静坐,
一齐浮上我的心来,
一如这四月的黄昏,在窗外,
糅合着香味与烦扰,使我忽而凝住——
一朵白色的花,张开,在黑夜的
和生命一样刚强的侵袭里,
主呵,这一刹那间,吸取我的伤感和赞美。

在过去那些时候,我是沉默,
一如窗外这些排比成列的
都市的楼台,充满了罪过似的空虚,
我是沉默一如到处的繁华
的乐声,我的血追寻它跳动,
但是那沉默聚起的沉默忽然鸣响,
当华灯初上,我黑色的生命和主结合。

是更剧烈的骚扰,更深的
痛苦。那一切把握不住而却站在
我的中央的,没有时间哭,没有
时间笑的消失了,在幽暗里,

在一无所有里如今却见你隐现。
主呵！掩没了我爱的一切，你因而
放大光彩，你的笑刺过我的悲哀。

1945年4月

(收入《穆旦诗集(1939—1945)》,1947年5月于沈阳自费出版)

海　恋

蓝天之漫游者,海的恋人,
给我们鱼,给我们水,给我们
燃起夜星的,疯狂的先导,
我们已为沉重的现实闭紧。

自由一如无迹的歌声,博大
占领万物,是欢乐之欢乐,
表现了一切而又归于无有,
我们却残留在微末的具形中。

比现实更真的梦,比水
更湿润的思想,在这里枯萎,
青色的魔,跳跃,从不休止,
路的创造者,无路的旅人。

从你的眼睛看见一切美景,
我们却因忧郁而更忧郁,
踏在脚下的太阳,未成形的
力量,我们丰富的无有,歌颂:

日以继夜,那白色的鸟的翱翔,
在知识以外,那山外的群山,
那我们不能拥有的,你已站在中心,
蓝天之漫游者,海的恋人!

1945 年 4 月

(原载 1947 年 3 月 16 日天津《大公报·星期文艺》)

旗

我们都在下面,你在高空飘扬,
风是你的身体,你和太阳同行,
常想飞出物外,却为地面拉紧。

是写在天上的话,大家都认识,
又简单明确,又博大无形,
是英雄们的游魂活在今日。

你渺小的身体是战争的动力,
战争过后,而你是唯一的完整,
我们化成灰,光荣由你留存。

太肯负责任,我们有时茫然,
资本家和地主拉你来解释,
用你来取得众人的和平。

是大家的心,可是比大家聪明,
带着清晨来,随黑夜而受苦,
你最会说出自由的欢欣。

四方的风暴,由你最先感受,
是大家的方向,因你而胜利固定,
我们爱慕你,如今属于人民。

1945 年 4 月

(原载 1947 年 6 月 7 日《益世报·文学周刊》)

流吧,长江的水

流吧,长江的水,缓缓的流,
玛格丽就住在岸沿的高楼,
她看着你,当春天尚未消逝,
流吧,长江的水,我的歌喉。

多么久了,一季又一季,
玛格丽和我彼此的思念,
你是懂得的,虽然永远沉默,
流吧,长江的水,缓缓的流。

这草色青青,今日一如往日,
还有鸟啼,霏雨,金黄的花香,
只是我们有过的已不能再有,
流吧,长江的水,我的烦忧。

玛格丽还要从楼窗外望,
那时她的心里已很不同,
那时我们的日子全已忘记,

流吧,长江的水,缓缓的流。

1945 年 5 月

(原载 1947 年 1 月 1 日《诗地》,原题《重庆居》)

风 沙 行

男儿的雄心伸向远方,
但玛格丽却常在我的心头。
多少日子过去了,全已经模糊,
只有和玛格丽相约的一刻,
急驰的马儿,扬起四蹄的尘土,
飞速的奔向更飞速的欢乐,
如今却在苍茫的大野停留。
爱娇的是玛格丽的身体,
更为雅致的是她小小的居处,
但是我只有和风沙相恋,
夜落草木,那就是我今日的歇宿。
我渴望有一天能够回返,
再去看玛格丽在她的高楼,
这一只马儿,你再为我急驰,
虽然年青的日子已经去远,
但玛格丽却常在我的心头。

1945 年 5 月

(收入《穆旦诗集(1939—1945)》,1947 年 5 月于沈阳自费出版)

甘　地

1

行动是中心,于是投进错误的火焰中,
在此时此地的屈辱里,要教真理成形,
一个巨大的良心承受四方的风暴,因爱
而遍受伤痕,受伤而自忏悔,
甘地,骄傲的灵魂,他站得最低。

2

左右都是懦弱:压制者的伪善
呼喊不出来,因为被压制者自己
就维护伪善,自古以奴役为榜样。
攻击前面的,罪恶自后方携手,
甘地唯有勇敢的和上帝同行,使众人忏悔。

3

把自己交给主,回到农村和土地,

饥饿的印度，无助的印度，是在那里包藏，
他把他们暴露出来，为了向他们求乞。
麻痹的印度，凡是他走过的地方，人民得到了起点，
甘地以自己铺路，印度有了旅程，再也不能安息。

4

在"死的大厦"里，人们献给他荣耀的花冠，
他所来自的地方，甘地，他已经不再回去，
现代文明有千万诱惑，然而他只寻求贫穷，
第一个反抗者，没有沾上"死"，一点不肯牺牲，
我们看见他，无穷的热力，周流在自然的怀里。

5

面临崩溃，困守着良知而不转移，
每个起点终止于暴力，只好从不要的胜利中折回，
甘地撕开欺骗，他承认失败是因为不肯放弃：
痛苦已经够了，屈辱已经够了，历史再不容错误，
他是指挥被压迫的心，向无形而普在的物质征服。

6

成功不是他的，反复追求不过使悲剧更加庄严，
一切决定的朝他反抗，甘地因而得到了表现；
火焰已经投出，当一个世纪还在观望和犹疑，

当生命被敌视,走过而消失,在神魔之间
甘地,他上下求索,在无底里凝固了人的形象。

7

你淹没在浪潮里的巨石,一座古代的神龛,
是无信仰里的信仰,当你的膜拜者已被奴役,
无可辩护的声音,在无声之中,要为奴隶举起。
甘地向奴隶膜拜,迷路者因而看到了巨石,
印度失而复得,在甘地的坚定里,向现代发出声音!

8

是情感丰富的热带,繁茂的,人和自然的花园,
安详的土地,大河流贯,森林里游走着狮王和巨象,
在曙光中,那看见新大陆的人,他来了把十字架竖
  起,
他竖起的是谦卑美德,沉默牺牲,无治而治的人民,
在耕种和纺织声里,祈祷一个洁净的国家为神治
  理。

1945 年 5 月

(原载 1947 年 4 月 13 日天津《大公报·星期文艺》)

给 战 士

——欧战胜利日

这样的日子,这样才叫生活,
再不必做牛,做马,坐办公室,
大家的身子都已直立,

再不必给压制者挤出一切,
累得半死,得到酬劳还要感激,
终不过给快乐的人们垫底,

还有你,几乎已经牺牲,
为了社会里大言不惭的爱情,
现在由危险渡入安全的和平,

还有你,从来得不到准许
这样充分的表现你自己,
社会只要你平庸,一直到死,

可是今天,所有的无力
都在新生,巨狮已经咆哮,
过去是奴隶,冷淡,和叹息,

这样的日子,这样才叫生活,
太阳晒着你,风吹着你,
和你面对面的再不是恐惧,

人民的世纪,大家终于起来
为日常生活而战,为自己牺牲,
人民里有了自己的英雄。

有了自己的笑,有了志愿的死,
多么久了我们只是在梦想,
如今一切终于在我们手中,

有这么一天,不必再乞求,
为爱情生活,大家都放心,
大家的血里复旋起古代的英灵,

这是真正的力,为我们取得,
不可屈辱的,如今得到证明,
在坦途前进,每一步都是欢欣,

别了,那寂寞而阴暗的小屋,
别了,那都市的霉烂的生活,
看看我们,这样的今天才是生!

1945年5月9日　欧战胜利日

(原载1947年6月7日《益世报·文学周刊》)

赠　　别

既然一切是这样决定了：
我们的长夏将终于虚无，
你去了仍带着多刺的青春，
我也再从虚无里要回孤独；

面对着你，我心的旅程沉没
在一片重凝静止的潭水中，
具体的化为抽象，欢笑逝去了
却又不断地回来在这里固定；

留下火焰在你空去的地方，
成熟的将是记忆的果实；
当分离的日子给人歪曲和苍老，
那从未实现的将引我们归去。

（1945 年）六月七晚

野 外 演 习

我们看见的是一片风景：
多姿的树,富有哲理的坟墓,
那风吹的草香也不能伸入他们的匆忙,
他们由永恒躲入刹那的掩护,

事实上已承认了大地的母亲,
又把几码外的大地当作敌人,
用烟幕掩蔽,用枪炮射击,
不过招来损伤:永恒的敌人从未在这里。

人和人的距离却因而拉长,
人和人的距离才忽而缩短,
危险这样靠近,眼泪和微笑
合而为人生:这里是单纯的缩形。

也是最古老的职业,越来
我们越看到其中的利润,
从小就学起,残酷总嫌不够,

全世界的正义都这么要求。

1945 年 7 月

(原载 1947 年 6 月 7 日《益世报·文学周刊》)

七 七

你是我们请来的大神,
我们以为你最主持公平,
警棍,水龙,和示威请愿,
不过是为了你的来临。

你是我们最渴望的叔父,
我们吵着要听你讲话,
他们反对的,既然你已来到,
借用我们的话来向你欢迎。

谁知道等你长期住下来,
我们却一天比一天消瘦,
你把礼品胡乱的分给,
而尽力使唤的却是我们。

你的产业将由谁承继,
虽然现在还不能确定,
他们显然是你得意的子孙,

而我们的苦衷将无迹可存。

1945 年 7 月

(原载 1946 年 7 月 1 日《文艺复兴》第一卷第六期)

先　　导

伟大的导师们,不死的苦痛,
你们的灰尘安息了,你们的时代却复生,
你们的牺牲已经忘却了,一向以欢乐崇奉,
而剧烈的东风吹来把我们摇醒,

当春日的火焰熏暗了今天,
明天是美丽的,而又容易把我们欺骗,
那醒来的我们知道是你们的灵魂,
那刺在我们心里的是你们永在的伤痕,

在无尽的斗争里,我们的一切已经赤裸,
那不情愿的,也被迫在反省或者背弃中,
我们最需要的,他们已经流血而去,
把未完成的痛苦留给他们的子孙,

不灭的光辉!虽然不断的讽笑在伴随,
因为你们只曾给与,呵,至高的欢欣!
你们唯一的遗嘱是我们,这醒来的一群,

穿着你们燃烧的衣服,向着地面降临。

1945 年 7 月

(原载 1946 年 7 月 1 日《文艺复兴》第一卷第六期)

农 民 兵

1

不知道自己是最可爱的人,
只听长官说他们太愚笨,
当富人和猫狗正在用餐,
是长官派他们看守着大门。

不过到城里来出一出丑,
因而抛下家里的田地荒芜,
国家的法律要他们捐出自由:
同样是挑柴,挑米,修盖房屋。

也不知道新来了意义,
大家都焦急的向他们注目——
未来的世界他们听不懂,
还要做什么?倒比较清楚。

带着自己小小的天地:
已知的长官和未知的饥苦,
只要不死,他们还可以云游,
看各种新奇带一点糊涂。

2

他们是工人而没有劳资,
他们取得而无权享受,
他们是春天而没有种子,
他们被谋害从未曾控诉。

在这一片沉默的后面,
我们的城市才得以腐烂,
他们向前以我们遗弃的躯体
去迎受二十世纪的杀伤。

美丽的过去从不是他们的,
现在的不平更为显然,
而我们竟想以锁链和饥饿
要他们集中相信一个诺言。

那一向都受他们豢养的
如今已摇头要提倡慈善,
但若有一天真理爆炸,
我们就都要丢光了脸面。

1945 年 7 月

(原载 1946 年 7 月 1 日《文艺复兴》第一卷第六期)

打 出 去

这场不意的全体的试验,
这毫无错误的一加一的计算,
我们由幻觉渐渐往里缩小
直到立定在现实的冷刺上显现:

那丑恶的全已疼过在我们心里,
那美丽的也重在我们的眼里燃烧,
现在,一个清晰的理想呼求出生,
最大的阻碍:要把你们击倒,

那被强占了身体的灵魂
每日每夜梦寐着归还,
它已经洗净,不死的意志更明亮,
它就要回来,你们再不能够阻拦,

多么久了,我们情感的弱点
枉然地向那深陷下去的旋转,
那不能补偿的如今已经起立,

最后的清算,就站在你们面前。

1945 年 7 月

(原载 1947 年 8 月 16 日《益世报·文学周刊》)

奉 献

这从白云流下来的时间,

这充满鸟啼和露水的时间,

我们已经随意的使它枯去:

这一清早,他却抓住了献给美满,

他的身子倒在绿色的原野上,

一切的烦忧都同时放低,

最高的意志,在欢快中解放,

一颗子弹,把他的一生结为整体,

那做母亲的太阳,看他长大,

看他有时候为阴影所欺,

如今却心贴心的把他拥抱:

问题留下来,他肯定的回答升起,

其余的,都等着土地收回,

他精致的头已垂下来顺从,

我们敬礼,他是交还了自己的生命

比较主所赐给的更为光荣。

1945 年 7 月

(原载 1947 年 8 月 16 日《益世报·文学周刊》)

反 攻 基 地

日里夜里,飞机起来和降落
以三百里的速度增加着希望,
历史的这一步必须要踏出:
汽车川流着如夏日的河谷,

这一个城市:拱卫在行动的中心,
太阳走下来向每个人歌唱:
我不辨是非,也不分种族,
我只要你向泥土扩张,和我一样。

过去的还想在这里停留,
"现在"却袭击如一场传染病,
各样的饥渴全都要满足,
商人和毛虫欢快如美军,

将军们正聚起眺望着远方,
这里不过是朝"未来"的跳板,
凡有力量的都可以上来,

是你还是他暂时全不管。

1945 年 7 月

(原载 1947 年 8 月 16 日《益世报·文学周刊》)

通 货 膨 胀

我们的敌人已不再可怕,
他们的残酷我们看得清,
我们以充血的心沉着地等待,
你的淫贱却把它弄昏。

长期的诱惑:意志已混乱,
你藉此倾覆了社会的公平,
凡是敌人的敌人你一一谋害,
你的私生子却得到太容易的成功。

无主的命案,未曾提防的
叛变,最远的乡村都卷进,
我们的英雄还击而不见对手,
他们受辱而死,却由于你的阴影。

在你的光彩下,正义只显得可怜,
你是一面蛛网,居中的只有蛆虫,
如果我们要活,他们必需死去,

天气晴朗,你的统治先得肃清!

1945 年 7 月

(原载 1947 年 8 月 3 日北平《平明日报·星期文艺》)

一个战士需要温柔的时候

你的多梦幻的青春,姑娘,
别让战争的泥脚把它踏碎,
那里才有真正的火焰,
而不是这里燃烧的寒冷,
当初生的太阳从海边上升,
林间的微风也刚刚苏醒。

别让那么多残酷的哲理,姑娘,
也织上你的锦绣的天空,
你的眼泪和微笑有更多的话,
更多的使我持枪的信仰,
当劳苦和死亡不断的绵延,
我宁愿它是南方的欺骗。

因为青草和花朵还在你心里,
开放着人间仅有的春天,
别让我们充满意义的糊涂,姑娘,
也把你的丰富变为荒原,
唯一的憩息只有由你安排,
当我们摧毁着这里的房屋。

你的年代在前或在后,姑娘,
你的每个错觉都令我向往,
只不要堕入现在,它嫉妒
我们已得或未来的幸福,
等一个较好的世界能够出生,
姑娘,它会保留你纯洁的欢欣。

1945 年 7 月

(原载 1947 年 6 月 7 日《益世报·文学周刊》)

良 心 颂

虽然你的形象最不能确定,
就是九头鸟也做出你的面容,
背离的时候他们才最幸运,
秘密的,他们讥笑着你的无用,

虽然你从未向他们露面,
和你同来的,却使他们吃惊:
饥寒交迫,常不能随机应变,
不得意的官吏,和受苦的女人,

也不见报酬在未来的世界,
一条死胡同使人们退缩;
然而孤独者却挺身前行,
向着最终的欢快,逐渐取得,

因为你最能够分别美丑,
至高的感受,才不怕你的爱情,
他看见历史:只有真正的你

的事业,在一切的失败里成功。

1945年7月

(收入《旗》,上海文化生活出版社1948年2月出版)

轰 炸 东 京

我们漫长的梦魇,我们的混乱,
我们有毒的日子早该流去,
只是有一环它不肯放松,
炸毁它,我们的伤口才得以合拢。

唯一的不理解,在这里侵占,
我们的思想炽热已不能等待,
传开去,不用外交家和播音机,
那燃烧的大火是仅可能的语言。

由于我们软弱,你们的美德,
利用无知,那天皇的光荣,
尽管你们发狂保卫至死:
我们的常识却布满你们可怜的天空。

因为一个合理的世界就要投下来,
我们要把你们长期的罪恶提醒,
种子已出芽:每个死亡的爆炸

都为我们受苦的父老爆开欢欣。

1945 年 7 月

(收入《旗》,上海文化生活出版社 1948 年 2 月出版)

苦闷的象征

我们都信仰背面的力量,
只看前面的他走向疯狂;
初次的爱情人们已经笑过去,
再一次追求,只有是物质的无望,

那自觉幸运的,他们逃向海外,
为了可免去困难的课程;
诚实的学生,教师未曾奖赐,
他们的消息也不再听闻,

常怀恐惧的,恐惧已经不在,
因为人生是这么短暂;
结婚和离婚,同样的好玩,
有的为了刺激,有的为了遗忘,

毁灭的女神,你脚下的死亡
已越来越在我们的心里滋长,
枯干的是信念,有的因而成形,

有的则在不断的怀疑里丧生。

1945 年 7 月

(收入《旗》,上海文化生活出版社 1948 年 2 月出版)

森 林 之 魅

——祭胡康河谷上的白骨

森　林：

没有人知道我，我站在世界的一方。
我的容量大如海，随微风而起舞，
张开绿色肥大的叶子，我的牙齿。
没有人看见我笑，我笑而无声，
我又自己倒下来，长久的腐烂，
仍旧是滋养了自己的内心。
从山坡到河谷，从河谷到群山，
仙子早死去，人也不再来，
那幽深的小径埋在榛莽下，
我出自原始，重把秘密的原始展开。
那毒烈的太阳，那深厚的雨，
那飘来飘去的白云在我头顶，
全不过来遮盖，多种掩盖下的我
是一个生命，隐藏而不能移动。

人：

离开文明,是离开了众多的敌人,
在青苔藤蔓间,在百年的枯叶上,
死去了世间的声音。这青青杂草,
这红色小花,和花丛里的嗡营,
这不知名的虫类,爬行或飞走,
和跳跃的猿鸣,鸟叫,和水中的
游鱼,陆上的蟒和象和更大的畏惧,
以自然之名,全得到自然的崇奉,
无始无终,窒息在难懂的梦里,
我不和谐的旅程把一切惊动。

森　林：

欢迎你来,把血肉脱尽。

人：

是什么声音呼唤?有什么东西
忽然躲避我?在绿叶后面
它露出眼睛,向我注视,我移动
它轻轻跟随。黑夜带来它嫉妒的沉默
贴近我全身。而树和树织成的网
压住我的呼吸,隔去我享有的天空!

是饥饿的空间,低语又飞旋,
像多智的灵魂,使我渐渐明白
它的要求温柔而邪恶,它散布
疾病和绝望,和憩静,要我依从。
在横倒的大树旁,在腐烂的叶上,
绿色的毒,你瘫痪了我的血肉和深心!

森　林：

这不过是我,设法朝你走近,
我要把你领过黑暗的门径;
美丽的一切,由我无形的掌握,
全在这一边,等你枯萎后来临。
美丽的将是你无目的眼,
一个梦去了,另一个梦来代替,
无言的牙齿,它有更好听的声音。
从此我们一起,在空幻的世界游走,
空幻的是所有你血液里的纷争,
一个长久的生命就要拥有你,
你的花你的叶你的幼虫。

祭　歌：

在阴暗的树下,在急流的水边,
逝去的六月和七月,在无人的山间,
你们的身体还挣扎着想要回返,

而无名的野花已在头上开满。

那刻骨的饥饿,那山洪的冲击,
那毒虫的啮咬和痛楚的夜晚,
你们受不了要向人讲述,
如今却是欣欣的林木把一切遗忘。

过去的是你们对死的抗争,
你们死去为了要活的人们生存,
那白热的纷争还没有停止,
你们却在森林的周期内,不再听闻。

静静的,在那被遗忘的山坡上,
还下着密雨,还吹着细风,
没有人知道历史曾在此走过,
留下了英灵化入树干而滋生。

1945 年 9 月

(原载 1946 年 7 月《文艺复兴》第一卷第六期)

云

凝结在天边,在山顶,在草原,
幻想的船,西风爱你来自远方,
一团一团像我们的心绪,你移去
在无岸的海上,融没于柔和的太阳。

是暴风雨的种子,自由的家乡,
低视一切你就洒遍在泥土里,
然而常常向着更高处飞扬,
随着风,不留一点泪湿的痕迹。

1945 年 11 月

(原载 1947 年 2 月 1 日《民歌——诗音丛刊》第一辑)

时 感 四 首

1

多谢你们的谋士的机智,先生,
我们已为你们的号召感动又感动,
我们的心,意志,血汗都可以牺牲,
最后的获得原来是工具般的残忍。

你们的政治策略都非常成功,
每一步自私和错误都涂上了人民,
我们从没有听过这么美丽的言语
先生,请快来领导,我们一定服从。

多谢你们飞来飞去在我们头顶,
在幕后高谈,折冲,策动;出来组织
用一挥手表示我们必须去死
而你们一丝不改:说这是历史和革命。

人民的世纪:多谢先知的你们,
但我们已倦于呼喊万岁和万岁;

常胜的将军们,一点不必犹疑,
战栗的是我们,越来越需要保卫。

正义,当然的,是燃烧在你们心中,
但我们只有冷冷地感到厌烦!
如果我们无力从谁的手里脱身,
先生,你们何妨稍吐露一点怜悯。

2

残酷从我们的心里走出来,
它要有光,它创造了这个世界。
它是你的钱财,它是我的安全,
它是女人的美貌,文雅的教养。

从小它就藏在我们的爱情中,
我们屡次的哭泣才把它确定。
从此它像金币一样的流通,
它写过历史,它是今日的伟人。

我们的事业全不过是它的事业,
在成功的中心已建立它的庙堂,
被踏得最低,它升起最高,
它是慈善,荣誉,动人的演说,和蔼的面孔。

虽然没有谁声张过它的名字,

我们一切的光亮都来自它的光亮；
当我们每天呼吸在它的微尘之中，
呵，那灵魂的颤抖——是死也是生！

3

去年我们活在寒冷的一串零上，
今年在零零零零零的下面我们汗喘，
像是撑着一只破了底的船，我们
从溯水的去年驶向今年的深渊。

忽的一跳跳到七个零的宝座，
是金价？是食粮？我们幸运地晒晒太阳，
00000000 是我们的财富和希望，
又忽的滑下，大水淹没到我们的颈项。

然而印钞机始终安稳地生产，
它飞快地抢救我们的性命一条条，
把贫乏加十个零，印出来我们新的生存，
我们正要起来发威，一切又把我们吓倒。

一切都在飞，在跳，在笑，
只有我们跌倒又爬起，爬起又缩小，
庞大的数字像是一串列车，它猛力地前冲，
我们不过是它的尾巴，在点的后面飘摇。

4

我们希望我们能有一个希望,
然后再受辱,痛苦,挣扎,死亡,
因为在我们明亮的血里奔流着勇敢,
可是在勇敢的中心:茫然。

我们希望我们能有一个希望,
它说:我并不美丽,但我不再欺骗,
因为我们看见那么多死去人的眼睛
在我们的绝望里闪着泪的火焰。

当多年的苦难以沉默的死结束,
我们期望的只是一句诺言,
然而只有虚空,我们才知道我们仍旧不过是
幸福到来前的人类的祖先,

还要在无名的黑暗里开辟起点,
而在这起点里却积压着多年的耻辱:
冷刺着死人的骨头,就要毁灭我们一生,
我们只希望有一个希望当做报复。

1947 年 1 月

(原载 1947 年 2 月 8 日《益世报·文学周刊》)

他们死去了

可怜的人们！他们是死去了，
我们却活着享有现在和春天。
他们躺在苏醒的泥土下面,茫然的,
毫无感觉,而我们有温暖的血,
明亮的眼,敏锐的鼻子,和
耳朵听见上帝在原野上
在树林和小鸟的喉咙里情话绵绵。

死去,在一个紧张的冬天,
像旋风,忽然在墙外停住——
他们再也看不见这树的美丽,
山的美丽,早晨的美丽,绿色的美丽,和一切
小小生命,含着甜蜜的安宁,
到处茁生,而可怜的他们是死去了,
等不及投进上帝的痛切的孤独。

呵听！呵看！坐在窗前,
鸟飞,云流,和煦的风吹拂,
梦着梦,迎接自己的诞生在每一刻
清晨,日斜,和轻轻掠过的黄昏——

这一切是属于上帝的;但可怜
他们是为无忧的上帝死去了,
他们死在那被遗忘的腐烂之中。

1947年2月

(原载1947年3月16日天津《大公报·星期文艺》)

荒　村

荒草,颓墙,空洞的茅屋,
无言倒下的树,凌乱的死寂……
流云在高空无意停贮,春归的乌鸦
用力的聒噪,绕着空场子飞翔,
像发现而满足于倔强的人间的
沉默的败溃。被遗弃的大地
是唯一的一句话,吐露给
春风和夕阳——
干燥的风,吹吧,当伤痕切进了你的心,
再没有一声叹息,再没有袅袅的炊烟,
再没有走来走去的脚步贯穿起
善良和忠实的辛劳终于枉然。

他们哪里去了？那稳固的根
为泥土固定着,为贫穷侮辱着,
为恶意压变了形,却从不碎裂的,
像多年的问题被切割,他们仍旧滋生。
他们哪里去了？离开了最后一线,
那默默无言的父母妻儿和牧童？
当最熟悉的隅落也充满危险,看见

像一个广大的坟墓世界在等候，
求神，求人的援助，从不敢向前跑去的
竟然跑去了，斩断无尽的岁月
花叶连着根拔去，枯干，无声的，
从这个没有名字的地方我只有祈求：
干燥的风，吹吧，旋起人们无用的回想。

春晚的斜阳和广大漠然的残酷
投下的征兆，当小小的丛聚的茅屋
像是幽暗的人生的尽途，呆立着。
也曾是血肉的丰富的希望，它们张着
空洞的眼，向着原野和城市的来客
留下决定。历史已把他们用完：
它的夸张和说谎和政治的伟业
终于沉入使自己也惊惶的风景。
干燥的风，吹吧，当伤痕切进了你的心，
吹着小河，吹过田垄，吹出眼泪，
去到奉献了一切的遥远的主人！

1947年3月

(原载1947年6月1日天津《大公报·星期文艺》)

三十诞辰有感

1

从至高的虚无接受层层的命令,
不过是观测小兵,深入广大的敌人,
必须以双手拥抱,得到不断的伤痛,

多么快已踏过了清晨的无罪的门槛,
那晶莹寒冷的光线就快要冒烟,燃烧,
当太洁白的死亡呼求到色彩里投生,

是不情愿的情愿,不肯定的肯定,
攻击和再攻击,不过酝酿最后的叛变,
胜利和荣耀永远属于不见的主人。

然而暂刻就是诱惑,从无到有,
一个没有年岁的人站入青春的影子:
重新发现自己,在毁灭的火焰之中。

2

时而剧烈,时而缓和,向这微尘里流注,
时间,它吝啬又嫉妒,创造时而毁灭,
接连地承受它的任性于是有了我。

在过去和未来两大黑暗间,以不断熄灭的
现在,举起了泥土,思想和荣耀,
你和我,和这可憎的一切的分野。

而在每一刻的崩溃上,看见一个敌视的我,
枉然的挚爱和守卫,只有跟着向下碎落,
没有钢铁和巨石不在它的手里化为纤粉。

留恋它像长长的记忆,拒绝我们像冰,
是时间的旅程。和它肩并肩地粘在一起,
一个沉默的同伴,反证我们句句温馨的耳语。

1947 年 3 月

(原载 1947 年 6 月 29 日天津
《大公报·星期文艺》,题为《诞辰有作》)

饥饿的中国

1

饥饿是这些孩子的灵魂。
从他们迟钝的目光里,古老的
土地向着年青的远方搜寻,
伸出无力的小手向现在求乞。

他们鼓胀的肚皮充满了嫌弃
一如大地充满希望,却没有人敢来承继。

因为历史不肯饶恕他们,推出
这小小的空虚的躯壳,向着空虚的
四方挣扎。是谁的债要他们偿付:
他们于是履行它最终的错误。

在街头的一隅,一个孩子勇敢的
向路人求乞,而另一个倒下了
在他弱小的,绝望的身上,
缩短了你的,我的未来。

2

我看见饥饿在每一家门口,
或者他得意的兄弟,罪恶;
没有一处我们能够逃脱,他的
直瞪的眼睛:我们做人的教育,

渐渐他来到你我之间,爱,
善良从无法把他拒绝,
每一弱点都开始受考验,我也高兴,
直到恐惧把我们变为石头,

远远的,他原是我们不屈服的理想,
他来了却带着惩罚的面孔,
每一天在报上讲一篇故事,
太深刻,太惊人,终于使我们漠不关心,

直到今天,爱,隔绝了一切,
他在摇撼我们疲弱的身体,
像是等待有突然的火花突然的旋风
从我们的漂泊和孤独向外冲去。

3

昨天已经过去了,昨天是田园的牧歌,

是和春水一样流畅的日子,就要流入
意义重大的明天:然而今天是饥饿。

昨天是理想朝我们招手:父亲的诺言
得到保障,母亲安排适宜的家庭,孩子求学,
昨天是假期的和平:然而今天是饥饿。

为了争取昨天,痛苦已经付出去了,
希望的手握在一起,志士的血
快乐的溢出:昨天把敌人击倒,
今天是果实谁都没有尝到。

中心忽然分散:今天是脱线的风筝
向明天里翻转,我们把握已经无用,
今天是混乱,疯狂,自渎,白白的死去——
然而我们要活着:今天是饥饿。

荒年之王,搜寻在枯干的中国的土地上,
教给我们暂时和永远的聪明,
怎样得到狼的胜利:因为人太脆弱!

4

我们是向着什么秘密的方向走,
于是才有这么多无耻的谎言,
和对浪漫的死我们一再的违抗,

世界是广大的然而现在很窄小,
很窄小,我们不知道怎样来俯顺,
创造各样的罪恶不过为了安全,

但最豪华的残害就在你我之间,
道德,法律,和每人一份的贫困
就使我们彼此扼住了喉咙,

终于小心而无望,纷争而又漠然,
善良直趋毁灭,而又秘密等待
一个更大的愚笨把我们救援,

但那受难的农夫逃到城市里,
他的呼喊已变为机巧的学习,
把失恋的土地交给城市论辩,

痛苦的问题愈在手术台上堆积,
充满活力的青年学会说不平,但却不如
从里面出生的弟弟,一开头就成功,

每一天有更多的恐慌,更矛盾的聪明,
尽管我们用一切来建造一道围墙,
也终于给一个签字,或一只鼠推翻,

我们是向着什么秘密的地方走,

饥饿领导着中国进入一个潜流
制造多少小小的爱情又把它毁掉。

5

(同《时感四首》2)

6

(同《时感四首》3)

7

(同《时感四首》4)

1947 年 8 月

(原载 1948 年 1 月《文学杂志》第二卷第八期)

我 想 要 走

我想要走,走出这曲折的地方,
曲折如同空中电波每日的谎言,
和神气十足的残酷一再的呼喊
从中心麻木到我的五官;
我想要离开这普遍而无望的模仿,
这八小时的旋转和空虚的眼,
因为当恐惧扬起它的鞭子,
这么多罪恶我要洗消我的冤枉。

我想要走出这地方,然而却反抗:
一颗被绞痛的心当它知道脱逃,
它是买到了沉睡的敌情,
和这一片土地的曲折的伤痕;
我想要走,但我的钱还没有花完,
有这么多高楼还拉着我赌博,
有这么多无耻,就要现原形,
我想要走,但等花完我的心愿。

1947 年 10 月

(原载 1947 年 11 月 22 日《益世报·文学周刊》)

暴 力

从一个民族的勃起
到一片土地的灰烬，
从历史的不公平的开始
到它反复无终的终极：
每一步都是你的火焰。

从真理的赤裸的生命
到人们憎恨它是谎骗，
从爱情的微笑的花朵
到它的果实的宣言：
每一开口都露出你的牙齿。

从强制的集体的愚蠢
到文明的精密的计算，
从我们生命价值的推翻
到建立和再建立：
最得信任的仍是你的铁掌。

从我们今日的梦魇
到明日的难产的天堂，

从婴儿的第一声啼哭

直到他的不甘心的死亡：

一切遗传你的形象。

1947 年 10 月

（原载 1947 年 11 月 22 日《益世报·文学周刊》）

胜　利

他是一个无限的骑士
在没有岸沿的海波上,
他驰过而溅起有限的生命
虽然他去了海水重又合起,

在他后面留下一片空茫
一如前面他要划分的国土,
但人们会由血肉的炙热
追随他,他给变成海底的血骨。

每一次他有新的要挟,
每一次我们都绝对服从,
我们的泪已洒满在他心上,
于是他登高向我们宣称:

他的脸色是这么古老,
每条皱纹都是人们的梦想,
这一次终于被我们抓住:

一座沉默的,荣耀的石像。

1947 年 10 月

(原载 1947 年 11 月 22 日《益世报·文学周刊》)

牺　　牲

因为有太不情愿的负担
使我们疲倦,
因为已经出血的地球还要出血,
我们有全体的苍白,
任地图怎样变化它的颜色,
或是哪一个骗子的名字写在我们头上;

所有的炮灰堆起来
是今日的寒冷的善良,
所有的意义和荣耀堆起来
是我们今日无言的饥荒,
然而更为寒冷和饥荒的是那些灵魂,
陷在毁灭下面,想要跳出这跳不出的人群;

一切丑恶的掘出来
把我们钉住在现在,
一个全体的失望在生长
吸取明天做它的营养,
无论什么美丽的远景都不能把我们移动:

这苍白的世界正向我们索要屈辱的牺牲。

1947 年 10 月

(原载 1947 年 11 月 22 日《益世报·文学周刊》)

手

我们从哪里走进这个国度?
这由手控制而灼热的领土?
手在条约上画着一个名字,
手在建筑城市而又把它毁灭,
手掌握人的命运,它没有眼泪,
它以一秒的疏忽把地球的死亡加倍,
不放松手,牵着一个个的灵魂
它拿着公文皮包或者按一下门铃,
十个国王都由五指的手推出,
我们从哪里走进这个国度?

万能的手,一只手里的沉默
谋杀了我们所有的声音。
一万只粗壮的手举起来
可以谋害一双孤零的眼睛,
既然眼睛悬起像黑夜的雾,
我们从哪里走进这个国度?
既然五指的手可以随意伸开,
四方的风都由它吹来,
紧握着钱的手到处把我们挡住,

我们从哪里走进这个国度?

1947年10月

(原载1947年11月22日《益世报·文学周刊》)

发　　现

在你走过和我们相爱以前，
我不过是水，和水一样无形的沙粒，
你拥抱我才突然凝结成为肉体：
流着春天的浆液或擦过冬天的冰霜，
这新奇而紧密的时间和空间；

在你的肌肉和荒年歌唱我以前，
我不过是没有翅膀的喑哑的字句，
从没有张开它腋下的狂风，
当你以全身的笑声摇醒我的睡眠，
使我奇异的充满又迅速关闭；

你把我轻轻打开，一如春天
一瓣又一瓣的打开花朵，
你把我打开像幽暗的甬道
直达死的面前：在虚伪的日子下面
解开那被一切纠缠着的生命的根；

你向我走进，从你的太阳的升起
划过天空直到我日落的波涛，

你走进而燃起一座灿烂的王宫：
由于你的大胆，就是你最遥远的边界，
我的皮肤也献出了心跳的虔诚。

1947 年 10 月

（原载 1947 年 11 月 22 日《益世报·文学周刊》）

我 歌 颂 肉 体

我歌颂肉体：因为它是岩石
在我们的不肯定中肯定的岛屿。

我歌颂那被压迫的，和被蹂躏的，
有些人的吝啬和有些人的浪费：
那和神一样高，和蛆一样低的肉体。

我们从来没有触到它，
我们畏惧它而且给它封以一种律条，
但它原是自由的和那远山的花一样，丰富如同
　蕴藏的煤一样，把平凡的轮廓露在外面，
它原是一颗种子而不是我们的奴隶。

性别是我们给它的僵死的诅咒，
我们幻化了它的实体而后伤害它，
我们感到了和外面的不可知的联系
　　　和一片大陆，却又把它隔离。

那压制着它的是它的敌人：思想，
　（笛卡儿说：我想，所以我存在。）

但什么是思想它不过是穿破的衣裳越穿越薄弱
　　越褪色越不能保护它所要保护的,
自由而活泼的,是那肉体。

我歌颂肉体:因为它是大树的根。
摇吧,缤纷的枝叶,这里是你稳固的根基。

一切的事物使我困扰,
一切事物使我们相信而又不能相信,就要得到
　　而又不能得到,开始抛弃而又抛弃不开,
但肉体是我们已经得到的,这里。
这里是黑暗的憩息,

是在这块岩石上,成立我们和世界的距离,
是在这块岩石上,自然寄托了它一点东西,
风雨和太阳,时间和空间,都由于它的大胆的
　　网罗而投在我们怀里。

但是我们害怕它,歪曲它,幽禁它;
因为我们还没有把它的生命认为我们的生命,
　　还没有把它的发展纳入我们的历史,
因为它的秘密远在我们所有的语言之外。

我歌颂肉体:因为光明要从黑暗站出来,

你沉默而丰富的刹那,美的真实,我的上帝。

1947 年 10 月

(原载 1947 年 11 月 22 日《益世报·文学周刊》)

甘　地　之　死

1

不用卫队,特务,或者黑色
的枪口,保卫你和人共有的光荣,
人民中的父亲,不用厚的墙壁,
把你的心隔绝像一座皇宫,

不用另一种想法,而只信仰
力和力的猜疑所放逐的和平,
不容忍借口或等待,拥抱它,
一如混乱的今日拥抱混乱的英雄,

于是被一颗子弹遗弃了,被
这充满火药的时代和我们的聪明,
甘地,累赘的善良,被挤出今日的大门,

一切向你挑战的从此可以歇手,
从此你是无害的名字,全世界都纪念
用流畅的演说,和遗忘你的行动。

2

恒河的水呵,接受这一点点灰烬,
接受举世暴乱中这寂灭的中心,
因为甘地已经死了,生命的微笑已经死了,
人类曾瞄准过多的伤害,倒不如
任你的波涛给淹没于无形;
那不洁的曾是他的身体;不忠的,
是束缚他的欲念;像紧闭的门,
如今也已完全打开,让你流入,
他的祈祷从此安息为你流动的声音。
自然给出而又收回:但从没有
这样广大的它自己,容纳这样多人群,
恒河的水呵,接受它复归于一的灰烬,
甘地已经死了,虽然没有人死得这样少:
留下一片凝固的风景,一隅蓝天,阿门。

1948 年 2 月 4 日

(原载 1948 年 2 月 22 日天津《大公报·星期文艺》)

世 界

小时候常爱骑一匹白马
走来走去在世界的外边,
那得申①的日记和绿色的草场
每一年保护使我们厌倦,

也常常望着大人神秘的嘴
或许能透出一线光亮,
在茫然中,学校帮助我们寻求
那关在世界里的一切心愿。

劳苦、忍耐、热望的眼泪,
正像是富有的人们在期待:
因为我们愚蠢而年轻,等一等
就可以踏入做美好的主人。

啊,为了寻求"生之途径",
这颗心还在试探那不见的门,
可是有一夜我们忽然醒悟:

---

① 那得申(1862—1887):俄国民粹主义诗人,今译纳德松。

年复一年,我们已踯躅在其中!

假如你还不能够改变,
你就会喊出是多大的欺骗,
你常常藐视的一切就是他,
你仅存的梦想就这样实现。

他把贫乏早已拿给你——
那被你尝过又呕出的东西,
逼着你回头再完全吞下:
过去、未来,陈旧和新奇。

他不能取悦你,就要你取悦他,
因为他是这么个无赖的东西,
你和他手拉着手像一对情人,
这才是人们都称羡的旅行。

直到他像潮水一样地退去,
留下一只手杖支持你全身,
等不及我们做最后的解说,
一如那已被辱尽的世代的人群。

1948 年 4 月

(原载 1948 年 6 月《中国新诗》第一集)

城 市 的 舞

为什么？为什么？然而我们已跳进这城市的回旋的舞，
它高速度的昏眩，街中心的郁热。
无数车辆都怂恿我们动，无尽的噪音，
请我们参加，手拉着手的巨厦教我们鞠躬：
呵，钢筋铁骨的神，我们不过是寄生在你玻璃窗里
　的害虫。

把我们这样切，那样切，等一会就磨成同一颜色的细粉，
死去了不同意的个体，和泥土里的生命；
阳光水分和智慧已不再能够滋养，使我们生长的
是写字间或服装上的努力，是一步挨一步的名义和
　头衔，
想着一条大街的思想，或者它灿烂整齐的空洞。

哪里是眼泪和微笑？工程师、企业家和钢铁水泥的
　文明
一手展开至高的愿望，我们以渺小、匆忙、挣扎来服从
许多重要而完备的欺骗，和高楼指挥的"动"的帝国。
不正常是大家的轨道，生活向死追赶，虽然"静止"
　有时候高呼：

为什么？为什么？然而我们已跳进这城市的回旋的
舞。

1948 年 4 月

(原载 1948 年 9 月《中国新诗》第四集)

诗

1

在我们之间是永远的追寻：
你，一个不可知，横越我的里面
和外面，在那儿上帝统治着
呵，渺无踪迹的丛林的秘密，

爱情探索着，像解开自己的睡眠
无限地弥漫四方但没有越过
我的边沿；不能够获得的：
欢乐是在那合一的根里。

我们互吻，就以为已经抱住了——
呵，遥远而又遥远的。从何处浮来
耳，目，口，鼻，和惊觉的刹那，
在时间的旋流上又向何处浮去。

你，安息的终点；我，一个开始，
你追寻于是展开这个世界。

但它是多么荒蛮,不断的失败
早就要把我们到处的抛弃。

2

当我们贴近,那黑色的浪潮
突然将我心灵的微光吹熄,
那多年的对立和万物的不安
都要从我温存的手指向外死去,

那至高的忧虑,凝固了多少个体的,
多少年凝固着我的形态,
也突然解开,再不能抵住
你我的血液流向无形的大海,

脱净样样日光的安排,
我们一切的追求终于来到黑暗里,
世界正闪烁,急躁,在一个谎上,
而我们忠实沉没,与原始合一,

当春天的花和春天的鸟
还在传递我们的情话绵绵,
但你我已解体,化为群星飞扬,
向着一个不可及的谜底,逐渐沉淀。

1948 年 4 月

(原载 1948 年 9 月《中国新诗》第四集)

诗 四 首

1

迎接新的世纪来临!
但世界还是只有一双遗传的手,
智慧来得很慢:我们还是用谎言、诅咒、术语,
翻译你不能获得的流动的文字,一如历史

在人类两手合抱的图案里
那永不移动的反复残杀,理想的
诞生的死亡,和双重人性:时间从两端流下来
带着今天的你:同样双绝,受伤,扭曲!

迎接新的世纪来临! 但不要
懒惰而放心,给它穿人名、运动或主义的僵死的外衣
不要愚昧一下抱住它继续思索的主体,

迎接新的世纪来临! 痛苦
而危险地,必须一再地选择死亡和蜕变,
一条条求生的源流,寻觅着自己向大海欢聚!

2

他们太需要信仰,人世的不平
突然一次把他们的意志锁紧,
从一本画像从夜晚的星空
他们摘下一个字,而要重新

排列世界用一串原始
的字句的切割,像小学生作算术
饥饿把人们交给他们做练习,
勇敢地求解答,"大家不满"给批了好分数,

用面包和抗议制造一致的欢呼
他们于是走进和恐怖并肩的权力,
推翻现状,成为现实,更要抹去未来的"不",

爱情是太贵了:他们给出来
索去我们所有的知识和决定,
再向新全能看齐,划一人类像坟墓。

3

永未伸直的世纪,未痊愈的冤屈,
秩序底下的暗流,长期抵赖的债,
冰里冻结的热情现在要击开:

来吧,后台的一切出现在前台;

幻想,灯光,效果,都已集中,
"必然"已经登场,让我们听它的剧情——
呵人性不变的表格,虽然填上新名字,
行动的还占有行动,权力驻进迫害和不容忍,

善良的依旧善良,正义也仍旧流血而死,
谁是最后的胜利者?是那集体杀人的人?
这是历史令人心碎的导演?

因为一次又一次,美丽的话叫人相信,
我们必然心碎,他必然成功,
一次又一次,只有成熟的技巧留存。

4

目前,为了坏的,向更坏争斗,
暴力,它正在兑现小小的成功,
政治说,美好的全在它脏污的手里,
跟它去吧,同志。阴谋,说谎,或者杀人。

做过了工具再来做工具,
所有受苦的人类都分别签字
制造更多的血泪,为了到达迂回的未来
对垒起"现在":枪口,欢呼,和驾驶工具的

269

英雄：相信终点有爱在等待，
为爱所宽恕，于是错误又错误，
相信暴力的种子会开出和平，

逃跑的成功！一开始就在终点失败，
还要被吸进时间无数的角度，因为
面包和自由正获得我们，却不被获得！

1948 年 8 月

（原载 1948 年 10 月 10 日天津《大公报·星期文艺》）

绅士和淑女

绅士和淑女,绅士和淑女,
走着高贵的脚步,一步又一步——
端详着人群。有着轻松愉快的
谈吐,在家里教客人舒服,
或者出门,弄脏一尘不染的服装,
回来再洗洗修洁动人的皮肤。
绅士和淑女,永远活在柔软的椅子上,
或者运动他们的双腿,摆动他们美丽的
臀部,像柳叶一样地飞翔;
不像你和我,每天想着想着就发愁,
见不得人,到了体面的地方就害羞!
那能人比人,驰来驰去在大街的中央,
看我们这边或那边,躲闪又慌张,
汽车一停:多少眼睛向你们致敬,
高楼,灯火,酒肉:都欢迎呀,欢迎!
诸先生决定,会商,发起,主办,
夫人和小姐,你们来了也都是无限荣幸,
只等音乐奏起,谈话就可以停顿;
而我们在各自的黑角落等着,那不见的一群。
你们就任,我们才出现为下属,

你们办工厂,我们就挤破头去做工,
你们拿着礼帽和鲜花结婚,我们也能尽一份力,
可是亲爱的小宝宝,别学我们这么不长进。
呵呵,绅士和淑女,敬祝你们一代一代往下传,
千万小心伤风,和那无法无天的共产党,
中国住着太危险,还可以搬出到外洋!

(原载1948年9月《中国新诗》第四集)

美国怎样教育下一代

美国怎样教育下一代？
专家的笑脸会有一套解答；
我只遇见过母亲，愁眉不展，
问我对她的孩子有什么办法？
小彼得，和他的邻居没有两样，
腰里怀着枪，走路摇摇摆摆，
每天在街上以杀人当游戏，
说话讲究狠，动手讲究快，
妈妈的规劝是耳边的风，
姐妹看见他都害怕地躲开：
且不要相信他是个英雄，
谁打倒他，他便绝对地服从。
呵，小彼得，不念书，不吃饭，
每天跟着首领在街头转。
起初你也是个敏感的孩子，
为什么学得这么麻木，这么冷酷？
可是电影，无线电，连环图画，
指引了你作人的第一步？
杀人放火的好汉真吸引人，
明抢和暗骗才最可佩服：

害了别人,虽然不讲究良心,
他们可是快乐而又成功。
呵,成功! 学校里的教科书
可不也说成功是多么光荣!
可怜的彼得,等你再长大一点,
就会看到你的手枪不够用。
报纸每天宣扬堕落和奸诈,
商业广告极力耻笑着贫穷。
你怎么活下去? 怎样快掘金?
怎样使出手段去制服别人?
自私的欲望不得不增长,
你终于是满意还是绝望,
夸张的色情到处在表演,
使你年青的心更加不平衡。
疯人院? 或者青少年改造所?
别让它为你打开黑色的大门!
呵,小彼得,逃吧;你逃不开;
屋隅暗藏着各样的灾害。
黑衣牧师每星期向你招手,
让你厌弃世界和正当的追求;
各种悲观哲学等在书店里,
用各样的逻辑要给你忧愁;
只要翻一翻,看一看,想一想,
无论你多高或多低的胃口,
鬼魅似的阴影准保要遮丑,
你生命里的上升的太阳,

彼得呵,无怪你的母亲愁眉不展,
她忧闷的日子还很长,很长,
即使你安全冲过了这么多关口,
最后一只手要抓住你不放,
那只手呀,正在描绘战争的蓝图,
那图上就要涂满你的血肉!

1951 年 11 月

(原载《人民文学》1957 年第七期)

感恩节——可耻的债*

感谢上帝——贪婪的美国商人；
感谢上帝——腐臭的资产阶级！
感谢呵，把火鸡摆上餐桌，
十一月尾梢是美洲的大节期。

感谢什么？抢吃了一年好口粮；
感谢什么？希望再做一年好生意；
明抢暗夺全要向上帝谢恩，
无耻地，快乐的一家坐下吃火鸡。

感谢他们反压迫的祖先，三百年前，
流浪，逃亡，初到美国来开辟；
是谁教他们种的玉米，大麦和小麦？
在蛮荒里，谁给了他们珍贵的友谊？

---

* 美国习俗，每年 11 月的最后一个星期四为感恩节，家家吃火鸡来度过欢乐的节日。这节日源起于 1642 年，最初从欧洲到普来茅斯的移民们，生活极困苦，幸得当地红种人的帮助，得以安居并学得耕作的方法，因而感谢上帝。但此后的历史，成了白种人屠杀红种"土人"的历史，以致今日，红种人快要绝灭尽了。美国资产阶级的这一套办法，现在岂非也在向世界的各民族开刀？——作者原注

感谢上帝？你们愚蠢的东西！
感谢上帝？原来是恶毒的诡计：
有谁可谢？原来那扶助他们的"土人"
早被他们的子孙杀绝又灭迹。

感谢上帝——自由已经卖光，
感谢上帝——枪杆和剥削的胜利！
银幕上不断表演红人的"野蛮"，
但真正野蛮的人却在家里吃火鸡。

感谢呀，呸！这一笔债怎么还？
肥头肥脑的家伙在家吃火鸡；
有多少人饿瘦，在你们的椅子下死亡？
快感谢你们腐臭的玩具——上帝！

1951 年

（原载《人民文学》1957 年第七期）

葬　歌

1

你可是永别了,我的朋友?
　　我的阴影,我过去的自己?
天空这样蓝,日光这样温暖,
　　在鸟的歌声中我想到了你。

我记得,也是同样的一天,
　　我欣然走出自己,踏青回来,
我正想把印象对你讲说,
　　你却冷漠地只和我避开。

自从那天,你就病在家里,
　　你的任性曾使我多么难过;
唉,多少午夜我躺在床上,
　　辗转不眠,只要对你讲和。

我到新华书店去买些书,
　　打开书,冒出了熊熊火焰,

这热火反使你感到寒栗,
　　说是它摧毁了你的骨干。

有多少情谊,关怀和现实
　　都由眼睛和耳朵收到心里;
好友来信说:"过过新生活!"
　　你从此失去了新鲜空气。

历史打开了巨大的一页,
　　多少人在天安门写下誓语,
我在那儿也举起手来:
　　洪水淹没了孤寂的岛屿。

你还向哪里呻吟和微笑?
　　连你的微笑都那么寒伧,
你的千言万语虽然曲折,
　　但是阴影怎能碰得阳光?

我看过先进生产者会议,
　　红灯,绿彩,真辉煌无比,
他们都凯歌地走进前厅,
　　后门冻僵了小资产阶级。

我走过我常走过的街道,
　　那里的破旧房正在拆落,
呵,多少年的断瓦和残椽,

那里还萦回着你的魂魄。

你可是永别了,我的朋友?
　　我的阴影,我过去的自己?
天空这样蓝,日光这样温暖,
　　安息吧!让我以欢乐为祭!

2

"哦,埋葬,埋葬,埋葬!"
"希望"在对我呼喊:
"你看过去只是骷髅,
还有什么值得留恋?
他的七窍流着毒血,
沾一沾,我就会瘫痪。"

但"回忆"拉住我的手,
她是"希望"底仇敌;
她有数不清的女儿,
其中"骄矜"最为美丽;
"骄矜"本是我的眼睛,
我怎能把她舍弃?

"哦,埋葬,埋葬,埋葬!"
"希望"又对我呼号:
"你看她那冷酷的心,

怎能再被她颠倒?
她会领你进入迷雾,
在雾中把我缩小。"

幸好"爱情"跑来援助,
"爱情"融化了"骄矜":
一座古老的牢狱,
呵,转瞬间片瓦无存;
但我心上还有"恐惧",
这是我慎重的母亲。

"哦,埋葬,埋葬,埋葬!"
"希望"又对我规劝:
"别看她的满面皱纹,
她对我最为阴险:
她紧保着你的私心,
又在你头上布满

使你自幸的阴云。"
但这回,我却害怕:
"希望"是不是骗我?
我怎能把一切抛下?
要是把"我"也失掉了,
哪儿去找温暖的家?

"信念"在大海的彼岸,

这时泛来一只小船,
我遥见对面的世界
毫不似我的从前;
为什么我不能渡去?
"因为你还留恋这边!"

"哦,埋葬,埋葬,埋葬!"
我不禁对自己呼喊;
在这死亡底一角,
我过久地漂泊,茫然;
让我以眼泪洗身,
先感到忏悔的喜欢。

3

就这样,像只鸟飞出长长的阴暗甬道,
我飞出会见阳光和你们,亲爱的读者;
这时代不知写出了多少篇英雄史诗,
而我呢,这贫穷的心!只有自己的葬歌。
没有太多值得歌唱的:这总归不过是
一个旧的知识分子,他所经历的曲折;
他的包袱很重,你们都已看到;他决心
和你们并肩前进,这儿表出他的欢乐。
就诗论诗,恐怕有人会嫌它不够热情:
对新事物向往不深,对旧的憎恶不多。
也就因此……我的葬歌只算唱了一半,

那后一半,同志们,请帮助我变为生活。

(原载《诗刊》1957年第五期)

问

生活呵,你握紧我这支笔
一直倾泻着你的悲哀,
可是如今,那婉转的夜莺
已经飞离了你的胸怀。

在晨曦下,你打开门窗,
室中流动着原野的风,
唉,叫我这支尖细的笔
怎样聚敛起空中的笑声?

(原载《人民文学》1957年第七期)

我的叔父死了

我的叔父死了,我不敢哭,
我害怕封建主义的复辟;
我的心想笑,但我不敢笑:
是不是这里有一杯毒剂?

一个孩子的温暖的小手
使我忆起了过去的荒凉,
我的欢欣总想落一滴泪,
但泪没落出,就碰到希望。

平衡把我变成了一棵树,
它的枝叶缓缓伸向春天,
从幽暗的根上升的汁液
在明亮的叶片不断回旋。

(原载《人民文学》1957年第七期)

去 学 习 会

下午两点钟,有一个学习会。
我和小张,我们拿着书和笔记,
一路默默地向着会议室走去。

是春天呵!吹来了一阵熏风,
人的心都跳跃,迷醉而又扩张。

下午两点钟,有一个学习会:
阅读,谈话,争辩,微笑和焦急,
一屋子的烟雾出现在我的眼前。

多蓝的天呵!小鸟都在歌唱,
把爱情的欲望散播到心灵里。

我和小张,我们拿着书和笔记,
走过街道,走过草地,走过小桥,
对了,走过小桥,像所有的人那样……

对面迎过来爱情的笑脸,
影影绰绰,又没入一屋子的烟雾。

笔记要记什么？天空说些什么？
是不是说，这日子如此晴和，
这街道，这草地，都是为了你？

心里是太阳，脚步是阳光下的草，
向下午两点钟，向学习会走去。

（原载《人民文学》1957年第七期）

三门峡水利工程有感

想起那携带泥沙的滚滚河水,
也必曾明媚,像我门前的小溪,
原来有花草生在它的两岸,
人来人往,谁都赞叹它的美丽。

只因为几千年受到了郁积,
它愤怒,咆哮,波浪朝天空澎湃,
但也终于没有出头,于是它
溢出两岸,给自己带来了灾害。

又像这古国的广阔的智慧,
几千年来受到了压抑、挫折,
于是泛滥为荒凉、忍耐和叹息,
有多少生之呼唤都被淹没!

虽然也给勇者生长了食粮,
死亡和毒草却暗藏在里面;
谁走过它,不为它的险恶惊惧?
泥沙滚滚,已不见昔日的欢颜!

呵,我欢呼你,"科学"加上"仁爱"!
如今,这长远的浊流由你引导,
将化为晴朗的笑,而它那心窝
还要迸出多少热电向生活祝祷!

(原载《人民文学》1957年第七期)

"也许"和"一定"

也许,这儿的春天有一阵风沙,
不全像诗人所歌唱的那般美丽;
也许,热流的边沿伸入偏差
会凝为寒露:有些花瓣落在湖里;
数字底列车开得太快,把"优良"
和制度的守卫丢在路边叹息;
也许官僚主义还受到人们景仰,
因为它微笑,戴有"正确"底面幕;
也许还有多少爱情的错误
对女人和孩子发过暂时的威风,——
这些,岂非报纸天天都有记述?

敌人呵,快张开你的血口微笑,
对准我们,对准这火山口冷嘲。

就在这里,未来的时间在生长,
在沉默下面,光和热的岩流在上涨;
哈,崭新的时间,只要它迸发出来,
你们的"历史"能向哪儿躲藏?
你们的优越感,你们的凌人姿态,

你们的原子弹,盟约,无耻的谎,
还有奴隶主对奴役真诚的喝彩,
还有金钱,暴虐,腐朽,联合的肯定:
这一切呵,岂不都要化为灰尘?
敌人呵,随你们的阴影在诽谤
因为,这最后的肯定就要出生;
它一开口,阴影必然就碰上光亮,
如今,先让你们写下自己的墓铭。

(原载《人民文学》1957年第七期)

九十九家争鸣记

百家争鸣固然很好,
九十九家难道不行?
我这一家虽然也有话说,
现在可患着虚心的病。

我们的会议室济济一堂,
恰好是一百零一个人,
为什么偏多了一个?
他呀,是主席,单等作结论。

因此,我就有点心虚,
盘算好了要见机行事;
首先是小赵发了言,
句句都表示毫无见识。

但主席却给了一番奖励;
钱、孙两人接着讲话,
虽然条理分明,我知道
那内容可是半真半假。

老李去年做过检讨,
这次他又开起大炮,
虽然火气没有以前旺盛,
可是句句都不满领导。

"怎么?这岂非人身攻击?
争鸣是为了学术问题!
应该好好研究文件,
最好不要有宗派情绪!"

周同志一向发言正确,
一向得到领导的支持;
因此他这一说开呀,
看,有谁敢说半个不是?

问题转到了原则性上,
最恼人的有三个名词:
这样一来,空气可热闹了,
发言的足有五十位同志。

其中一位绰号"应声虫",
还有一位是"假前进",
他们两人展开了舌战,
真是一刀一枪,难解难分。

有谁不幸提到一个事实,

和权威意见显然不同,
没发言的赶紧抓住机会,
在这一点上"左"了一通:

"这一点是人所共知!"
"某同志立场很有问题!"
主席说过不要扣帽子,
因此,后一句话说得很弯曲。

就这样,我挨到了散会时间,
我一直都没有发言,
主席非要我说两句话,
我就站起来讲了三点:

第一,今天的会我很兴奋,
第二,争鸣争得相当成功,
第三,希望这样的会多开几次,
大家更可以开诚布公……

附　记

读者,可别把我这篇记载
来比作文学上的典型,
因为,事实是,时过境迁,
这已不是今日的情形。

那么,又何必拿出来发表？

我想编者看得很清楚：

在九十九家争鸣之外,

也该登一家不鸣的小卒。

(原载1957年5月7日《人民日报》)

妖 女 的 歌

一个妖女在山后向我们歌唱,
"谁爱我,快奉献出你的一切。"
因此我们就攀登高山去找她,
要把已知未知的险峻都翻越。

这个妖女索要自由、安宁、财富,
我们就一把又一把地献出,
丧失的越多,她的歌声越婉转,
终至"丧失"变成了我们的幸福。

我们的脚步留下了一片野火,
山下的居民仰望而感到心悸;
那是爱情和梦想在荆棘中的闪烁,
而妖女的歌已在山后沉寂。

1975 年

苍　　蝇

苍蝇呵,小小的苍蝇,
在阳光下飞来飞去,
谁知道一日三餐
你是怎样的寻觅?
谁知道你在哪儿
躲避昨夜的风雨?
世界是永远新鲜,
你永远这么好奇,
生活着,快乐地飞翔,
半饥半饱,活跃无比,
东闻一闻,西看一看,
也不管人们的厌腻,
我们掩鼻的地方
对你有香甜的蜜。
自居为平等的生命,
你也来歌唱夏季;
是一种幻觉,理想,
把你吸引到这里,
飞进门,又爬进窗,

来承受猛烈的拍击。

1975 年

（原载 1980 年 6 月 10 日香港《新晚报》）

智 慧 之 歌

我已走到了幻想底尽头,
这是一片落叶飘零的树林,
每一片叶子标记着一种欢喜,
现在都枯黄地堆积在内心。

有一种欢喜是青春的爱情,
那是遥远天边的灿烂的流星,
有的不知去向,永远消逝了,
有的落在脚前,冰冷而僵硬。

另一种欢喜是喧腾的友谊,
茂盛的花不知道还有秋季,
社会的格局代替了血的沸腾,
生活的冷风把热情铸为实际。

另一种欢喜是迷人的理想,
它使我在荆棘之途走得够远,
为理想而痛苦并不可怕,
可怕的是看它终于成笑谈。

只有痛苦还在,它是日常生活
每天在惩罚自己过去的傲慢,
那绚烂的天空都受到谴责,
还有什么彩色留在这片荒原?

但唯有一棵智慧之树不凋,
我知道它以我的苦汁为营养,
它的碧绿是对我无情的嘲弄,
我咒诅它每一片叶的滋长。

1976年3月

(收入《穆旦诗选》,人民文学出版社1986年1月出版)

理智和感情

1 劝 告

如果时间和空间
是永恒的巨流,
而你是一粒细沙
随着它漂走,
一个小小的距离
就是你一生的奋斗,
从起点到终点
让它充满了烦忧,
只因为你把世事
看得过于永久,
你的得意和失意,
你的片刻的聚积,
转眼就被冲去
在那永恒的巨流。

2 答　复

你看窗外的夜空
黑暗而且寒冷，
那里高悬着星星，
像孤零的眼睛，
燃烧在苍穹。
它全身的物质
是易燃的天体，
即使只是一粒沙
也有因果和目的：
它的爱憎和神经
都要求放出光明。
因此它要化成灰，
因此它悒郁不宁，
固执着自己的轨道
把生命耗尽。

1976 年 3 月

（原载《诗刊》1987 年第二期）

城市的街心

大街伸延着像乐曲的五线谱,
人的符号,车的符号,房子的符号
密密排列着在我的心上流过去,
起伏的欲望呵,唱一串什么曲调?——
不管我是悲哀,不管你是欢乐,
也不管谁明天再也不会走来了,
它只唱着超时间的冷漠的歌,
从早晨的匆忙,到午夜的寂寥,
一年又一年,使人生底过客
感到自己的心比街心更老。
只除了有时候,在雷电的闪射下
我见它对我发出抗议的大笑。

1976 年 4 月

(收入《穆旦诗选》,人民文学出版社 1986 年 1 月出版)

演　　出

慷慨陈词,愤怒,赞美和欢笑
是暗处的眼睛早期待的表演,
只看按照这出戏的人物表,
演员如何配制精彩的情感。

终至台上下已习惯这种伪装,
而对天真和赤裸反倒奇怪:
怎么会有了不和谐的音响?
快把这削平,掩饰,造作,修改。

为反常的效果而费尽心机,
每一个形式都要求光洁,完美;
"这就是生活",但违背自然的规律,
尽管演员已狡狯得毫不狡狯,

却不知背弃了多少黄金的心
而到处只看见赝币在流通,
它买到的不是珍贵的共鸣

而是热烈鼓掌下的无动于衷。

1976 年 4 月

(原载《诗刊》1980 年第二期)

诗

诗,请把幻想之舟浮来,
稍许分担我心上的重载。

诗,我要发出不平的呼声,
但你为难我说:不成!

诗人的悲哀早已汗牛充栋,
你可会从这里更登高一层?

多少人的痛苦都随身而没,
从未开花、结实、变为诗歌。

你可会摆出形象底筵席,
一节节山珍海味的言语?

要紧的是能含泪强为言笑,
没有人要展读一串惊叹号!

诗呵,我知道你已高不可攀,
千万卷名诗早已堆积如山:

印在一张黄纸上的几行字，
等待后世的某个人来探视，

设想这火热的熔岩的苦痛
伏在灰尘下变得冷而又冷……

又何必追求破纸上的永生，
沉默是痛苦的至高的见证。

1976 年 4 月

（原载《诗刊》1987 年第二期）

理　　想

1

没有理想的人像是草木，
在春天生发，到秋日枯黄，
对于生活它做不出总结，
面对绝望它提不出希望。

没有理想的人像是流水，
为什么听不见它的歌唱？
原来它已为现实的泥沙
逐渐淤塞，变成污浊的池塘。

没有理想的人像是空屋
而无主人，它紧紧闭着门窗，
生活的四壁堆积着灰尘，
外面在叩门，里面寂无音响。

那么打开吧，生命在呼喊：
让一个精灵从邪恶的远方

侵入他的心,把他折磨够,
因为他在地面看到了天堂。

2

理想是个迷宫,按照它的逻辑
你越走越达不到目的地。

呵,理想,多美好的感情,
但等它流到现实底冰窟中,
你看到的就是北方的荒原,
使你丰满的心倾家荡产。

"我是一个最合理的设想,
我立足在坚实的土壤上,"
但现实是一片阴险的流沙,
只有泥污的脚才能通过它。

"我给人指出崇高的道路,
我的明光能照澈你的迷雾,"
别管有多少人为她献身,
我们的智慧终于来自疑问。

毫无疑问吗?那就跟着她走,

像追鬼火不知扑到哪一头。

1976 年 4 月

（原载《诗刊》1987 年第二期）

听说我老了

我穿着一件破衣衫出门,
这么丑,我看着都觉得好笑,
因为我原有许多好的衣衫
都已让它在岁月里烂掉。

人们对我说:你老了,你老了,
但谁也没有看见赤裸的我,
只有在我深心的旷野中
才高唱出真正的自我之歌。

它唱着,"时间愚弄不了我,
我没有卖给青春,也不卖给老年,
我只不过随时序换一换装,
参加这场化装舞会的表演。

"但我常常和大雁在碧空翱翔,
或者和蛟龙在海里翻腾,
凝神的山峦也时常邀请我

到它那辽阔的静穆里做梦。"

1976 年 4 月

(原载《诗刊》1987 年第二期)

冥　　想

1

为什么万物之灵的我们,
遭遇还比不上一棵小树?
今天你摇摇它,优越地微笑,
明天就化为根下的泥土。
为什么由手写出的这些字,
竟比这只手更长久,健壮?
它们会把腐烂的手抛开,
而默默生存在一张破纸上。
因此,我傲然生活了几十年,
仿佛曾做着万物的导演,
实则在它们永久的秩序下
我只当一会儿小小的演员。

2

把生命的突泉捧在我手里,
我只觉得它来得新鲜,

是浓烈的酒,清新的泡沫,
注入我的奔波、劳作、冒险。
仿佛前人从未经临的园地
就要展现在我的面前。
但如今,突然面对着坟墓,
我冷眼向过去稍稍回顾,
只见它曲折灌溉的悲喜
都消失在一片亘古的荒漠,
这才知道我的全部努力
不过完成了普通的生活。

1976年5月

(原载《诗刊》1987年第二期)

春

春意闹:花朵、新绿和你的青春
一度聚会在我的早年,散发着
秘密的传单,宣传热带和迷信,
激烈鼓动推翻我弱小的王国;

你们带来了一场不意的暴乱,
把我流放到……一片破碎的梦;
从那里我拾起一些寒冷的智慧,
卫护我的心又走上了途程。

多年不见你了,然而你的伙伴
春天的花和鸟,又在我眼前喧闹,
我没忘记它们对我暗含的敌意
和无辜的欢乐被诱入的苦恼;

你走过而消失,只有淡淡的回忆
稍稍把你唤出那逝去的年代,
而我的老年也已筑起寒冷的城,
把一切轻浮的欢乐关在城外。

被围困在花的梦和鸟的鼓噪中,
寂静的石墙内今天有了回声
回荡着那暴乱的过去,只一刹那,
使我悒郁地珍惜这生之进攻……

        1976 年 5 月

      (原载《诗刊》1980 年第二期)

友　谊

1

我珍重的友谊,是一件艺术品
被我从时间的浪沙中无意拾得,
挂在匆忙奔驰的生活驿车上,
有时几乎随风飘去,但并未失落;

又在偶然的遇合下被感情底手
屡次发掘,越久远越觉得可贵,
因为其中回荡着我失去的青春,
又富于我亲切的往事的回味;

受到书信和共感的细致的雕塑,
摆在老年底窗口,不仅点缀寂寞,
而且像明镜般反映窗外的世界,
使那粗糙的世界显得如此柔和。

2

你永远关闭了,不管多珍贵的记忆
曾经留在你栩栩生动的册页中,
也不管生活这支笔正在写下去,
还有多少思想和感情突然被冰冻;

永远关闭了,我再也无法跨进一步
到这冰冷的石门后漫步和休憩,
去寻觅你温煦的阳光,会心的微笑,
不管我曾多年沟通这一片田园;

呵,永远关闭了,叹息也不能打开它,
我的心灵投资的银行已经关闭,
留下贫穷的我,面对严厉的岁月,
独自回顾那已丧失的财富和自己。

1976 年 6 月

(原载《诗刊》1980 年第二期)

夏

绿色要说话,红色的血要说话,
浊重而喧腾,一齐说得嘈杂!
是太阳的感情在大地上迸发。

太阳要写一篇伟大的史诗,
富于强烈的感情,热闹的故事,
但没有思想,只是文字,文字,文字。

他写出了我的苦恼的旅程,
正写到高潮,就换了主人公,
我汗流浃背地躲进冥想中。

他写出了世界上的一切大事,
(这我们从报纸上已经阅知)
只不过要证明自己的热炽。

冷静的冬天是个批评家,
把作品的许多话一笔抹杀,
却仍然给了它肯定的评价。

据说,作品一章章有其连贯,
从中可以看到构思的谨严,
因此还要拿给春天去出版。

1976 年 6 月

(原载《诗刊》1980 年第二期)

有　别

这是一个不美丽的城,
在它的烟尘笼罩的一角,
像蜘蛛结网在山洞,
一些人的生活蛛丝相交。
我就镶结在那个网上,
左右绊住:不是这个烦恼,
就是那个空洞的希望,
或者熟稔堆成的苍老,
或者日久磨擦的僵硬,
使我的哲学愈来愈冷峭。

可是你的来去像春风
吹开了我的窗口的视野,
一场远方的缥缈的梦
使我看到花开和花谢,
一幕春的喜悦和刺疼
消融了我内心的冰雪。
如今我漫步巡游这个城,
再也追寻不到你的踪迹,
可是凝视着它的烟雾腾腾,

我顿感到这城市的魅力。

1976 年 6 月

(原载《诗刊》1980 年第二期)

自　己

不知哪个世界才是他的家乡,
他选择了这种语言,这种宗教,
他在沙上搭起一个临时的帐篷,
于是受着头上一颗小星的笼罩,
他开始和事物做着感情的交易:
　　不知那是否确是我自己。

在迷途上他偶尔碰见一个偶像,
于是变成它的膜拜者的模样,
把这些称为友,把那些称为敌,
喜怒哀乐都摆到了应摆的地方,
他的生活的小店辉煌而富丽:
　　不知那是否确是我自己。

昌盛了一个时期,他就破了产,
仿佛一个王朝被自己的手推翻,
事物冷淡他,嘲笑他,惩罚他,
但他失掉的不过是一个王冠,
午夜不眠时他确曾感到忧郁:
　　不知那是否确是我自己。

另一个世界招贴着寻人启事,
他的失踪引起了空室的惊讶:
那里另有一场梦等他去睡眠,
还有多少谣言都等着制造他,
这都暗示一本未写出的传记:
  不知我是否失去了我自己。

1976 年 7 月

(原载《诗刊》1980 年第二期)

秋

1

天空呈现着深邃的蔚蓝，
仿佛醉汉已恢复了理性；
大街还一样喧嚣，人来人往，
但被秋凉笼罩着一层肃静。

一整个夏季，树木多么紊乱！
现在却坠入沉思，像在总结
它过去的狂想，激愤，扩张，
于是宣讲哲理，飘一地黄叶。

田野的秩序变得井井有条，
土地把债务都已还清，
谷子进仓了，泥土休憩了，
自然舒一口气，吹来了爽风。

死亡的阴影还没有降临，
一切安宁，色彩明媚而丰富；

流过的白云在与河水谈心,
它也要稍许享受生的幸福。

2

你肩负着多年的重载,
歇下来吧,在芦苇的水边:
远方是一片灰白的雾霭
静静掩盖着路程的终点。

处身在太阳建立的大厦,
连你的忧烦也是他的作品,
歇下来吧,傍近他闲谈,
如今他已是和煦的老人。

这大地的生命,缤纷的景色,
曾抒写过他的热情和狂暴,
而今只剩下凄清的虫鸣,
绿色的回忆,草黄的微笑。

这是他远行前柔情的告别,
然后他的语言就纷纷凋谢;
为何你却紧抱着满怀浓荫,
不让它随风飘落,一页又一页?

3

经过了融解冰雪的斗争,
又经过了初生之苦的春旱,
这条河水渡过夏雨的惊涛,
终于流入了秋日的安恬;

攀登着一坡又一坡的我,
有如这田野上成熟的谷禾,
从阳光和泥土吸取着营养,
不知冒多少险受多少挫折;

在雷电的天空下,在火焰中,
这滋长的树叶,飞鸟,小虫,
和我一样取得了生的胜利,
从而组成秋天和谐的歌声。

呵,水波的喋喋,树影的舞弄,
和谷禾的香才在我心里扩散,
却见严冬已递来它的战书,
在这恬静的、秋日的港湾。

1976 年 9 月

(原载《诗刊》1980 年第二期)

秋（断章）*

2

才买回串串珠玉的葡萄,
又闻到苹果浅红的面颊,
多汁的梨,吃来甘美清凉,
那是秋之快慰被你吞下。

长久被困在城市生活中,
我渴望秋天山野的颜色,
听一听树木摇曳的声音,
望一望大地的闲适与辽阔。

可是我紧闭的斗室
有时也溜进山野的来客:
当洁白的月光悄悄移动,
窗外就飘来秋虫的歌;

---

* 原稿仅存二、三两章,未署写作时间。诗题中"断章"为编者加。

暂时放下自己的忧思，
我愿意倾听这凄凉的歌，
那是大地的寂寞的共鸣
把疲倦的心轻轻抚摸。

3

大自然在春天破土动工，
到秋天为美修建了住宅，
锄头在檐下静静靠着，
看白云悄悄地把她载来。

可是收割机以更快的步伐
轧轧轧轧地在田野收割，
刮来阵阵冷风，接着又下雨，
风风雨雨，一天天把她搜索；

她歇息的青纱帐被掀倒了，
又穿过树林，把叶子踏成泥，
搜呵，搜呵，大地吓得苍白，
水边的蛙尽力向土里隐蔽；

"变！"在追击，像溃败的大军，
美从自然，又从心里逃出，
呵，永远的流亡者，在你面前：
又是灰色的天空，灰色的雾！

沉　没

身体一天天坠入物质的深渊，
首先生活的引诱，血液的欲望，
给空洞的青春描绘五色的理想。

接着努力开拓眼前的世界，
喜于自己的收获愈来愈丰满，
但你拥抱的不过是消融的冰山：

爱憎、情谊、职位、蛛网的劳作，
都曾使我坚强地生活于其中，
而这一切只搭造了死亡之宫；

曲折、繁复、连心灵都被吸引进
日程的铁轨上急驰的铁甲车，
飞速地迎来和送去一片片景色！

呵，耳目口鼻，都沉没在物质中，
我能投出什么信息到它窗外？

什么天空能把我拯救出"现在"?

1976 年

(收入《穆旦诗选》,人民文学出版社 1986 年 1 月出版)

停 电 之 后

太阳最好,但是它下沉了,
拧开电灯,工作照常进行。
我们还以为从此驱走夜,
暗暗感谢我们的文明。
可是突然,黑暗击败一切,
美好的世界从此消失灭踪。
但我点起小小的蜡烛,
把我的室内又照得通明:
继续工作也毫不气馁,
只是对太阳加倍地憧憬。

次日睁开眼,白日更辉煌,
小小的蜡台还摆在桌上。
我细看它,不但耗尽了油,
而且残流的泪挂在两旁:
这时我才想起,原来一夜间,
有许多阵风都要它抵挡。
于是我感激地把它拿开,

默念这可敬的小小坟场。

1976年10月

(原载《雨花》1980年第六期)

好　梦

因为它曾经集中了我们的幻想,
它的降临有如雷电和五色的彩虹,
拥抱和接吻结束了长期的盼望,
它开始以魔杖指挥我们的爱情:
　　　让我们哭泣好梦不长。

因为它是从历史的谬误中生长,
我们由于恨,才对它滋生感情,
但被现实所铸成的它的形象
只不过是谬误底另一个幻影:
　　　让我们哭泣好梦不长。

因为热血不充溢,它便掺上水分,
于是大挥彩笔画出一幅幅风景,
它的色调越浓,我们跌得越深,
终于使受骗的心粉碎而苏醒:
　　　让我们哭泣好梦不长。

因为真实不够好,谎言变为真金,
它到处拿给人这种金塑的大神,

但只有食利者成为膜拜的一群,
只有仪式却越来越谨严而虔诚:
　　让我们哭泣好梦不长。

因为日常的生活太少奇迹,
它不得不在平庸之中制造信仰,
但它造成的不过是可怕的空虚,
和从四面八方被嘲笑的荒唐:
　　让我们哭泣好梦不长。

1976 年

(原载 1993 年 8 月 25 日香港《大公报·文学》)

"我"的形成

报纸和电波传来的谎言
都胜利地冲进我的头脑,
等我需要做出决定时,
它们就发出恫吓和忠告。

一个我从不认识的人
挥一挥手,他从未想到我,
正当我走在大路的时候,
却把我抓进生活的一格。

从机关到机关旅行着公文,
你知道为什么它那样忙碌?
只为了我的生命的海洋
从此在它的印章下凝固。

在大地上,由泥土塑成的
许多高楼矗立着许多权威,
我知道泥土仍将归于泥土,
但那时我已被它摧毁。

仿佛在疯女的睡眠中,
一个怪梦闪一闪就沉没;
她醒来看见明朗的世界,
但那荒诞的梦钉住了我。

1976 年

(原载 1993 年 8 月 25 日香港《大公报·文学》)

老年的梦呓

1

这么多心爱的人迁出了
我的生活之温暖的茅舍,
有时我想和他们说一句话,
但他们已进入千古的沉默。

我抓起地上的一把灰尘,
向它询问亲人的音信,
就是它曾有过千言万语,
就是它和我心连过心。

啊,多少亲切的音容笑貌,
已迁入无边的黑暗与寒冷,
我的小屋被撤去了藩篱,
越来越卷入怒号的风中。

但它依旧微笑地存在,
虽然残破了,接近于塌毁,

朋友,趁这里还烧着一点火,
且让我们暖暖地聚会。

2

生命短促得像朝露:
你的笑脸,他的愤怒,
还有她那少女的妩媚,
转眼竟被阳光燃成灰!
不,它们还活在我的心上,
等着我的心慢慢遗忘埋葬。

3

我和她谈过永远的爱情,
我们曾把生命饮得沉醉;
另一个使我怀有怨恨,
因为她给我冷冷的智慧;
还有一个我爱得最深,
虽然我们隔膜有如路人;
但这一切早被生活忘掉,
若不是坟墓向我索要!

4

过去的生命已经丢失了,

你何必还要把它找回来？
打一个电话就能把她约到，
可是面对面再也没有华彩；
那年轻的太阳，年轻的草地，
灿烂的希望和无垠的天空
都已变成今天冷淡的言语，
使回忆的画面也遭霜冻。

5

到市街的一角去寻找惆怅，
因为我们曾在那里无心游荡，
年轻的日子充满了欢乐，
呵，只为了给今天留下苦涩！
到那庭院里去看一间空屋，
因为它铭刻一段共同的旅途，
当时写的什么我尚无所知，
现在才读出一篇委婉的哀诗。

6

别动吧，凡她保留的物品
也在保留着她的生命：
这一叠是亲友的来信，
来往琐事拼写着感情。
这是一些暗黄的戏单，

她度过的激动的夜晚。
这只花瓶并不出色,
但记载一次旅途之乐。
还有旧扇,破表,收据……
如今都失去了谜底,
自从她离开这个世界,
它们的信息已不可解。
但这些静物仍有余温,
似乎居住着她的灵魂。

       1976 年

     (原载《诗刊》1994 年第二期)

问

我冲出黑暗,走上光明的长廊,
而不知长廊的尽头仍是黑暗;
我曾诅咒黑暗,歌颂它的一线光,
但现在,黑暗却受到光明的礼赞:
　　　心呵,你可要追求天堂?

多少追求者享受了至高的欢欣,
因为他们播种于黑暗而看不见。
不幸的是:我们活到了睁开眼睛,
却看见收获的希望竟如此卑贱:
　　　心呵,你可要唾弃地狱?

我曾经为唾弃地狱而赢得光荣,
而今挣脱天堂却要受到诅咒;
我是否害怕诅咒而不敢求生?
我可要为天堂的绝望所拘留?
　　　心呵,你竟要浪迹何方?

(1976年)

爱 情

爱情是个快破产的企业，
假如为了维护自己的信誉；
它雇佣的是些美丽的谎，
向头脑去推销它的威力。

爱情总使用太冷酷的阴谋，
让狡狯的欲望都向她供奉。
有的膜拜她，有的就识破，
给她热情的大厦吹进冷风。

爱情的资本变得越来越少，
假如她聚起了一切热情；
只准理智说是，不准说不，
然后资助它到月球去旅行。

虽然她有一座石筑的银行，
但经不住心灵秘密的抖颤，
别看忠诚包围着的笑容，
行动的手却悄悄地提取存款。

（1976年）

神 的 变 形

神

浩浩荡荡,我掌握历史的方向,
有始无终,我推动着巨轮前行;
我驱走了魔,世间全由我主宰,
人们天天到我的教堂来致敬。
我的真言已经化入日常生活,
我记得它曾引起多大的热情。
我不知度过多少胜利的时光,
可是如今,我的体系像有了病。

权　力

我是病因。你对我的无限要求
就使你的全身生出无限的腐锈。
你贪得无厌,以为这样最安全,
却被我腐蚀得一天天更保守。
你原来是从无到有,力大无穷,
一天天的礼赞已经把你催眠,

岂不知那都是我给你的报酬？
而对你的任性，人心日渐变冷，
在那心窝里有了另一个要求。

魔

那是要求我。我在人心里滋长，
重新树立了和你崭新的对抗，
而且把正义，诚实，公正和热血
都从你那里拿出来做我的营养。
你击败的是什么？熄灭的火炬！
可是新燃的火炬握在我手上。
虽然我还受着你权威的压制，
但我已在你全身开辟了战场。
决斗吧，就要来了决斗的时刻，
万众将推我继承历史的方向。
呵，魔鬼，魔鬼，多丑陋的名称！
可是看吧，等我由地下升到天堂！

人

神在发出号召，让我们击败魔，
魔发出号召，让我们击败神祇；
我们既厌恶了神，也不信任魔，
我们该首先击败无限的权力！
这神魔之争在我们头上进行，

我们已经旁观了多少个世纪!
不,不是旁观,而是被迫卷进来,
怀着热望,像为了自身的利益。
打倒一阵,欢呼一阵,失望无穷,
总是绝对的权力得到了胜利!
神和魔都要绝对地统治世界,
而且都会把自己装扮得美丽。
心呵,心呵,你是这样容易受骗,
但现在,我们已看到一个真理。

魔

人呵,别顾你的真理,别犹疑!
只要看你们现在受谁的束缚!
我是在你们心里生长和培育,
我的形象可以任由你们雕塑。
只要推翻了神的统治,请看吧:
我们之间的关系将异常谐和。
我是代表未来和你们的理想,
难道你们甘心忍受神的压迫?

人

对,哪里有压迫,哪里就有反抗;
谁推翻了神谁就进入天堂。

权　力

而我,不见的幽灵,躲在他身后,
不管是神,是魔,是人,登上宝座,
我有种种幻术越过他的誓言,
以我的腐蚀剂伸入各个角落;
不管原来是多么美丽的形象,
最后……人已多次体会了那苦果。

1976 年

退 稿 信

您写的倒是一个典型的题材,
只是好人不最好,坏人不最坏,
黑的应该全黑,白的应该全白,
而且应该叫读者一眼看出来!

您写的故事倒能给人以鼓舞,
要列举优点,有一、二、三、四、五,
只是六、七、八、九、十都够上错误,
这样的作品可不能刊出!

您写的是真人真事,不行;
您写的是假人假事,不行;
总之,对此我们有一套规定,
最好请您按照格式填写人名。

您的作品歌颂了某一个侧面,
又提出了某一些陌生的缺点,
这在我们看来都不够全面,
您写的主题我们不熟稔。

百花园地上可能有些花枯萎,
可是独出一枝我们不便浇水,
我们要求作品必须十全十美,
您的来稿只好原封退回。

       1976 年 11 月

黑 笔 杆 颂

——赠别"大批判组"

多谢你,把一切治国策都"批倒",
人民的愿望全不在你的眼中:
努力建设,你叫作"唯生产力论",
认真工作,必是不抓阶级斗争;
你把按劳付酬叫作"物质刺激",
一切奖罚制度都叫它行不通。
学外国先进技术是"洋奴哲学",
但谁钻研业务,又是"只专不红";
办学不准考试,造成一批次品,
你说那是质量高,大大地称颂。
连对外贸易,买进外国的机器,
你都喊"投降卖国",不"自力更生";
不从实际出发,你只乱扣帽子,
你把一切文字都颠倒了使用:
到处唉声叹气,你说"莺歌燕舞",
把失败叫胜利,把骗子叫英雄,
每天领着二元五角伙食津贴,
却要以最纯的马列主义自封;
吃得脑满肠肥,再革别人的命,
反正舆论都垄断在你的手中。

人民厌恶的,都得到你的欢呼,
只为了要使你的黑主子登龙;
好啦,如今黑主子已彻底完蛋,
你做出了贡献,确应记你一功。

1976 年 11 月

冬

1

我爱在淡淡的太阳短命的日子,
临窗把喜爱的工作静静做完;
才到下午四点,便又冷又昏黄,
我将用一杯酒灌溉我的心田。
多么快,人生已到严酷的冬天。

我爱在枯草的山坡,死寂的原野,
独自凭吊已埋葬的火热一年,
看着冰冻的小河还在冰下面流,
不知低语着什么,只是听不见。
呵,生命也跳动在严酷的冬天。

我爱在冬晚围着温暖的炉火,
和两三昔日的好友会心闲谈,
听着北风吹得门窗沙沙地响,
而我们回忆着快乐无忧的往年。
人生的乐趣也在严酷的冬天。

我爱在雪花飘飞的不眠之夜,
把已死去或尚存的亲人珍念,
当茫茫白雪铺下遗忘的世界,
我愿意感情的热流溢于心间,
来温暖人生的这严酷的冬天。

2

寒冷,寒冷,尽量束缚了手脚,
潺潺的小河用冰封住口舌,
盛夏的蝉鸣和蛙声都沉寂,
大地一笔勾销它笑闹的蓬勃。

谨慎,谨慎,使生命受到挫折,
花呢?绿色呢?血液闭塞住欲望,
经过多日的阴霾和犹疑不决,
才从枯树枝漏下淡淡的阳光。

奇怪!春天是这样深深隐藏,
哪儿都无消息,都怕峥露头角,
年轻的灵魂裹进老年的硬壳,
仿佛我们穿着厚厚的棉袄。

3

你大概已停止了分赠爱情,
把书信写了一半就住手,
望望窗外,天气是如此肃杀,
因为冬天是感情的刽子手。

你把夏季的礼品拿出来,
无论是蜂蜜,是果品,是酒,
然后坐在炉前慢慢品尝,
因为冬天已经使心灵枯瘦。

你拿一本小说躺在床上,
在另一个幻象世界周游,
它使你感叹,或使你向往,
因为冬天封住了你的门口。

你疲劳了一天才得休息,
听着树木和草石都在嘶吼,
你虽然睡下,却不能成梦,
因为冬天是好梦的刽子手。

4

在马房隔壁的小土屋里,

风吹着窗纸沙沙响动,
几只泥脚带着雪走进来,
让马吃料,车子歇在风中。

高高低低围着火坐下,
有的添木柴,有的在烘干,
有的用他粗而短的指头
把烟丝倒在纸里卷成烟。

一壶水滚沸,白色的水雾
弥漫在烟气缭绕的小屋,
吃着,哼着小曲,还谈着
枯燥的原野上枯燥的事物。

北风在电线上朝他们呼唤,
原野的道路还一望无际,
几条暖和的身子走出屋,
又迎面扑进寒冷的空气。

1976 年 12 月

(原载《诗刊》1980 年第二期)

歌　手

我的嗓子可能太高,也太宏亮,
有时不能把细腻的歌曲演唱,
甚至当我学一学孩童的啼哭,
也要把天上的星月震动一场。

稚气的儿童几乎家家都有,
看二三岁的女儿正俯在爱人膝头,
女儿玩着一条碎毛线接的绳子,
说:"妈妈,讲个故事,里面要有小猴。"

我望着女儿,好像心中略有所感,
于是走出屋子、站在杂乱的小院,
回味了一下女儿的音容,又唱起
我的声音刚飞出,星星又在打颤。

我改唱一首描写天空的颂歌,
声音晴朗、想感动洁白的云朵。

组成图案的白云闻声散开,
我恍惚自问:"生活为什么这样对我?"